中华先锋人物
故事汇

杨善洲
捡果核的人

YANG SHANZHOU
JIAN GUOHE DE REN

余 雷 著

党建读物出版社　接力出版社

图书在版编目（CIP）数据

杨善洲：捡果核的人/余雷著．—北京：党建读物出版社；南宁：接力出版社，2019.4（2024.7重印）
（中华人物故事汇．中华先锋人物故事汇）
ISBN 978-7-5099-1080-1

Ⅰ.①杨…　Ⅱ.①余…　Ⅲ.①传记小说－中国－当代　Ⅳ.①I247.5

中国版本图书馆CIP数据核字(2018)第276578号

杨善洲——捡果核的人
余　雷　著

责任编辑：商　晶　朱晓颖
责任校对：杨　艳　刘艳慧　高　雅
装帧设计：严　冬　许继云　　美术编辑：高春雷
出版发行：党建读物出版社　接力出版社
地　　址：北京市西城区西长安街80号东楼（邮编：100815）
　　　　　广西南宁市园湖南路9号（邮编：530022）
网　　址：http://www.djcb71.com　　http://www.jielibj.com
电　　话：010-65547970/7621
经　　销：新华书店
印　　刷：保定市中画美凯印刷有限公司
2019年4月第1版　　2024年7月第11次印刷
787毫米×1092毫米　32开本　　5.125印张　　80千字
印数：124 001—130 000册　　定价：20.00元

版权所有　侵权必究

质量服务承诺：如发现缺页、错页、倒装等印装质量问题，可直接联系本社调换。
服务电话：010-65545440

目 录

写给小读者的话 ·········· 1

我叫杨善洲 ·········· 1

我们家什么时候有田 ······ 9

战火中的洗礼 ·········· 17

踏实肯干的小石匠 ······ 27

错了就要做检讨 ········ 33

扛着锄头去下乡 ········ 41

爱走路的杨老倌 ········ 47

为群众做事不马虎 ······ 53

让每个孩子有学上 ······ 61

别人的东西一分钱也不能要···67

穷书记 富书记············73

让大亮山绿起来··········79

安营扎寨大亮山··········87

油毛毡棚里的火塘会议·····95

捡果核的人············103

杨善洲的六件宝········111

大山上的摘星人········119

苦干还要巧干··········129

保护野生动物和树木
　就是保护森林········137

自古忠孝难两全········143

义务植树人············149

写给小读者的话

彩云之南,有一座大亮山。

大亮山高大陡峻,后来却因过度砍伐而变得荒凉贫瘠。

大亮山记得,有一位老人带着一群人走来了,他们背着树苗走上崎岖的山路。

大亮山记得,有一位老人带着一群人走来了,他们肩扛锄头种下一棵棵华山松。

大亮山记得,有一位老人带着一群人走来了,他们在寒风中围着火塘谈笑。

大亮山记得,有一位老人带着一群人走来了,他们在这里开辟了生命的绿洲。

今天的大亮山林间有清泉流淌,山间有鸟兽嬉戏；苍翠的松林穿云入雾，绯红的杜鹃灿如云霞。大亮山的一草一木都会记得，那个弯腰在闹市捡拾果核的老人，那个头戴竹叶帽手拿砍刀的老人，那个在玉兰花下看书读报的老人，那个深夜在火塘边凝神思考的老人。

这位老人就是杨善洲。他用愚公移山的坚忍精神把荒山建成了绿洲，他几十年如一日，把有限的生命投入到了无限的为人民服务的事业中去。

打开这本书，一起来认识这位无怨无悔坚守了一辈子，奋斗了一辈子，奉献了一辈子的共产党员杨善洲吧！

我叫杨善洲

云南省保山姚关镇大柳水村在滇西的一条山沟里。

站在村口的山坡上看去,村里高高低低的茅草房之间,有一条清亮的小河流过。河边种着许多柳树,每当微风吹过,低垂的柳条就轻轻拂过水面,荡起层层涟漪。

每天清晨和傍晚,村里人开始生火做饭时,家家户户茅草屋的顶上就笼罩着一层薄烟,远远看去,整个村子像是云雾中的仙境。春天的时候,红色的桃花,白色的梨花,加上柳枝雾气般的新绿,错落有致地点缀在茅草房之间,整个村子美得像一幅山水画。

可是贫困的大柳水人没有心情欣赏这样的美景，他们更关心的是怎样多得到一点儿食物，怎样在冬天到来之前给家里的老人和孩子添置一件新衣。

一九二七年一月的一天，大柳水村有一个孩子啼哭着落地了。这是个男孩，爷爷给他取名叫黑蛮儿。爷爷希望这个孩子将来又黑又壮，有力气。虽然这是一个好名字，但家里人担心这个孩子难养大，像前面几个孩子一样夭折，他们决定给黑蛮儿拜一个干爹，让干爹保佑他长大。

长辈们选中了一个赶马为生的邻居，带着黑蛮儿上门去了。他们说明来意后，赶马人爽快地答应了。爷爷请他给干儿子取个名字，赶马人四处看了看，指着院子里矗立了几十年的拴马桩说："就叫马桩吧。"

黑蛮儿改名叫了马桩，他平安地长大了。几年后，阿妈又生了两个妹妹。日子虽然依旧过得紧巴巴的，但一家人在一起总是有说有笑，没有人觉得苦。

大柳水村旁有一座大亮山，村里人经常到山上去采摘野菜和野果。植物丰富的大亮山为山下的人们提供了每天必需的食物。马桩从五岁开始，就会提着竹篮和阿妈一起到大亮山去采野菜。

一天，马桩和阿妈背着背篓要上山采野菜的时候，妹妹追了出来："阿妈，哥哥，我也去。"

阿妈欣喜地说："你还小，再等两年吧。"

妹妹坚决地摇摇头："不！我要去！我力气小，就少采一点儿，但总比没有强。"

马桩也央求阿妈说："就让她去吧。妹妹已经会做很多事了。"

阿妈只好带着兄妹俩一起上山了。这一天，他们遇到了一丛结满酸木瓜的果树，绿色的酸木瓜把树枝都压弯了。酸木瓜的枝条上有刺，妹妹灵活地从枝条的缝隙里钻进去，把大人摘不到的果子全都摘了出来。

阿妈背着酸木瓜回到家，挑出几个大的打算给爷爷泡酒。酸木瓜泡酒据说可以祛风湿、健脾胃，很多老年人每天都会喝一小杯。爷爷知道今天的酸木瓜是妹妹采回来的，高兴地对马桩说："以后你就带着妹妹上山去吧，你们都不小了，该为这个家做点事了。"

阿妈也说:"如果你们上山去采摘野菜,我就能每天到姚关的街上去卖菜,可以换更多的粮食回来。"

马桩和妹妹异口同声地答应了。

第二天清晨,天还没亮,兄妹俩带着妈妈做好的菜团子,和村里的其他孩子一起上山去了。

在孩子们的眼里,大亮山像是一个神奇的宝库,不同的季节能为人们提供不同的食物。马桩最喜欢夏天,夏天虽然雨水多,但能采摘到的野菜和野果也多。

如果下过雨后出了太阳,大树下、草丛里就会冒出许多野生菌。马桩知道,伞面青绿色的是青头菌,伞面像一个棕色圆球的是牛肝菌,鸡㙡的菌柄细长,干巴菌则像是一团牛粪。

雨后的山坡泥泞湿滑,孩子们比大人更容易在陡峭的坡地上站稳。捡菌子的大都是孩子,他们提着竹篮仔细地在草丛间翻找着。有人找到一窝菌子,就连忙解下裤带围住,再一朵一朵仔细地放进竹篮。完整的菌子和破碎的菌子价格差别很大,大家都小心地采，又小心地把菌子带回家。

这个夏天，马桩和妹妹每天都有收获。他们经常早早上山，天快黑才回家。回到家，阿妈把他们采摘回来的野菜野果和野生菌倒出来，把好的放在簸箕里，第二天拿到街上去卖，那些弄碎的、枯萎的就洗干净做菜。

吃着自己采摘的野菜野果，马桩高兴地对妹妹说："等我们都长大了，就可以采更多的东西回来，阿妈拿到街上卖了以后，就可以买更多的米回来。"

爷爷放下筷子，对马桩招了招手："明天，你不要上山去了。"

马桩惊讶地问："为什么？"

爷爷说："穷人不识字，要穷一辈子。你已经快九岁了，可以去上学了。我跟私塾的先生说好了，明天你阿爸送你去读书。"

马桩高兴得跳了起来："我可以上学去了！"

第二天一早，马桩穿上阿妈洗干净的衣服，和阿爸一起来到离家几公里的大寨。这是方圆几公里唯一的一个私塾，先生的名字叫杨连槐。

杨先生问马桩:"你叫什么名字?"

马桩躲在阿爸身后,一声不吭。阿爸只好替他说:"叫马桩。"

"姓马吗?"杨先生问。

阿爸摇摇头:"不,姓杨。"

杨先生不解地问:"姓杨?孩子怎么叫马桩?"

阿爸连忙向杨先生解释了这个名字的由来,杨先生听了以后问:"孩子还没有取大名吗?"

阿爸点点头:"我们没文化,不知道取什么名字合适。就请先生取一个吧。"

杨先生想了想,对阿爸说:"叫杨善洲吧。善良的善,有三点水的洲。木易杨,要有水才行。"

马桩和阿爸回到家,第一件事就是告诉爷爷:"我叫杨善洲。先生给取的名字,善良的善,有三点水的洲。"

爷爷笑了:"好,这个名字好。要听先生的话,好好读书啊。"

从这天开始,杨善洲每天背着阿妈缝制的书包,早早地到私塾去上学。

杨先生虽然看起来很和善,但对学生很严格。

我叫杨善洲　7

他让学生们背诵《三字经》《百家姓》《幼学琼林》《千字文》等，每天带着他们一字一句诵读，一笔一画抄写。如果哪个学生背错了一句话，杨先生就会罚他全文重背，直到能够流利地背出为止。

在私塾里学习的孩子都很努力，大家都希望能通过读书改变自己的命运。杨善洲也不例外，他每天早早地来到学堂，认真完成杨先生布置的功课。看着刻苦读书的杨善洲，杨先生欣慰地笑了。杨先生特别喜欢这个勤奋的学生，一旦他有事出门，就会让杨善洲做小先生，代替他教别的孩子。

私塾一年后关门了，辍学的杨善洲只能回家去放牛，但这一年的学习生活让杨善洲养成了爱学习的习惯。在以后的很多年里，只要有机会他就会认真地读书看报，并写下了大量的日记和心得。

直到去世前几天，杨善洲还在读报、看新闻。正是由于如饥似渴地阅读和学习，让他有了更高远的眼光和更开阔的心胸。

我们家什么时候有田

清晨的大亮山是安静的,静得能听到一片枯叶离开树枝,慢悠悠地穿过厚厚的雾气,噗的一声掉落在地上。

太阳升起来了,雾气一层层消散开来。枝头刚发的嫩芽被阳光抹了一道黄灿灿的油彩,明晃晃地在清晨的微风里晃动着。仰起头向上看,嫩芽上面的天似乎更蓝了。

山路上,一双双黝黑的赤脚在快速行走着。这里本来没有路,只有多年累积的厚厚的落叶,这些被太阳晒黑的脚板一次次踩踏过后,山林里就有了蜿蜒曲折的小路。

春天的山上到处都是刚开的花朵和新萌发的嫩

芽，这些花朵和嫩芽有的脆甜，有的酸涩，有的苦辣，但它们几乎都成了当地人的食物。在饥饿的人眼里，所有的花朵和嫩芽只有可以吃和不可以吃两种，很少会为它们的美丽而赞叹。

自从两个妹妹都能和杨善洲一起上山后，阿妈就很少和他们一起到山里来了。杨善洲要尽可能多地采摘野菜，还要照顾两个妹妹。这一天，他背着背篓走了一段路后，发现跟在身后的两个妹妹不见了。杨善洲只好返回去找她们。往回走了一段路，他发现两个妹妹正蹲在一丛野杜鹃前。

前几天经过这里时，这丛杜鹃只是一蓬叶片细小的植物，但今天却不一样，每个枝丫的顶端都冒出了几个粉色的花骨朵。有几朵已经开了，粉嫩的花瓣虽然只有绿豆大小，但几朵花簇拥在一起，竟像是一个小小的火炬。

小妹妹伸出手，又缩了回来，她不想破坏这个漂亮的小火炬。但不一会儿，咕咕叫的肚子让她毫不犹豫地摘下一朵花放进嘴里，一股酸酸涩涩的味道立刻让她的嘴里分泌出更多的唾液。小妹妹皱了皱眉头，还是咽了下去。

"这花太小,不好吃。前面树上的大白花好吃。"杨善洲拉起两个妹妹,继续往前走。

杨善洲还记得第一次吃大白花的情景。有一天,阿妈用背篓背回来一些白色的花朵。那花朵雪一样白,每朵花都比手指还要长。阿妈把摘掉花蕊和花蒂的花瓣浸泡在瓦盆里,每天换水。三天后,阿妈捞起花瓣,用手挤干水分,放了一把韭菜和几个干辣椒一起炒。阿妈刚把菜端上桌,杨善洲只吃了一口就喜欢上了这道菜。

两个妹妹也喜欢吃大白花,听哥哥一说,急忙问:"哪里有大白花?"

杨善洲朝前面一指:"那里,还有那里都有。就看你们能不能爬上去。"

两个妹妹抬头看去,只见前面的密林后显现出深黛色的大山,巍峨的大山连绵起伏,像是一头威猛的巨兽。小妹妹泄气地说:"阿妈说,大白花长在山顶的大树上,山那么高,谁也爬不上去。"

杨善洲笑着说:"阿爸说过,只要愿意爬,没有爬不上去的山。等你们长大了,我们一起去摘。"

小妹妹叹了一口气："可惜今天我们摘不到了。"

杨善洲看着远处的大山，倔强地说："只要你想摘，总有一天会摘到它的。"

看着妹妹失望的样子，杨善洲用手在空中画了一个圈，笑道："这大亮山上不仅有大白花，一年四季还有果子可以吃，酸木瓜、鸡嗉子果、羊奶果、大树杨梅、火把果……哎呀呀，我嘴里都是酸口水，说不下去了。"

小妹妹咽了一口口水，向往地说："等我长大了，我要把这些果子都吃一遍。"

"呵呵，大亮山上的宝贝多着呢。阿妈说，有了这座山，我们才不会饿肚子。"杨善洲说着，放下背上的背篓，指着前面的一片空地说，"看到那些蕨菜了吗？今天我们采蕨菜，明天阿妈赶街的时候可以拿去卖。"

每年春天，满山的蕨类植物都开始萌发新芽。只要稍稍留意，就会发现林中的空地上有一些浅棕色的植物。它们一根根直立着，没有叶片，也没有多余的枝条，独立的枝干上有很多茸毛，顶端有一个拳头一样的嫩芽。

小妹妹第一次看到长在地里的蕨菜,没等哥哥和姐姐告诉她怎么采,就握住一根蕨菜,用力拉扯起来。蕨菜被连根拔了起来,小妹妹又顺着根须的方向扯了扯,整条根都被拉了出来。看到上面有好几根刚刚发芽的蕨菜,小妹妹得意地晃动着手里的蕨菜,高声喊道:"快来看,这棵蕨菜真大啊!"

杨善洲连忙走了过去,拿过小妹妹手里的蕨菜。"不能这样拔!阿妈说过,如果大家都这样拔,就是斩草除根,明年就没蕨菜吃了。你要像我这样做。"

杨善洲捡起一块石片,蹲下身用石片在一根蕨菜靠近地面的地方割了一下,轻轻一折,脆嫩的蕨菜就断了。他又在蕨菜的断面上抹了一点儿泥,这才把手里的蕨菜放进背篓里。看到妹妹疑惑的眼神,杨善洲解释说:"老人们常说,在上面抹一点儿泥,蕨菜就不会干枯了。"

一上午的时间过去了,兄妹三人采了半背篓蕨菜。杨善洲摘下一片大树叶,折成一个圆锥形的碗,到旁边的水沟里打满了水,递给两个妹妹,又从挂在旁边树枝上的布包里拿出菜团子分给她们："快吃吧。干了一上午的活，累了吧？"

大妹妹喝了一口树叶碗里的水，笑嘻嘻地接过杨善洲手里的菜团子。"不累，我喜欢到山上来。哥哥，大家为什么不住到大亮山上来？山上有那么多好吃的，还有草地可以翻跟头，有树藤可以荡秋千，多好啊！"

"是啊，是啊。"小妹妹也附和着说。

"大亮山上没办法种田。阿爸说，人要靠田里种出的粮食活着。"杨善洲咬了一口菜团子，慢慢地嚼着。

两个妹妹好奇地问："哥哥，我们家什么时候有田？什么时候可以自己种粮食？"

杨善洲看着手里的菜团子，无奈地说："我们家不会有田的。阿妈说，我们家是押山[①]的佃户，佃户只能替别人种田。"

两个妹妹不再说话了。杨善洲看着远处的大山，心里想：大亮山那么大，为什么就没有我家的

---

① 押山：给田主看山。

一块田呢?

令杨善洲没想到的是,新中国成立后,他家也分到了地,一家人终于可以在自己的田地上种庄稼了。杨善洲感激地说:"这一切,是共产党给的,我要为党做事。"几年以后,他成了一名共产党员,从此把自己的生命与党和人民的事业紧紧地联系在一起。

战火中的洗礼

　　日子虽然过得艰苦，但野草般顽强的生命力让杨善洲一天天长大、强壮起来，十四岁的他已经可以顶替阿爸去给田主看守山林和放牧了。阿爸去给人赶马，家里的日子好过了一些。阿爸决定让杨善洲再去读书。这一次，他来到大坪村的一个私塾学习，杨善洲很珍惜这来之不易的学习机会。

　　然而，厄运却没有放过这家人。一九四二年，中国远征军从缅甸北部撤回国内，日军追到怒江边，两军隔江对峙，将大后方的保山变成了抗日的前线。保山城经常被日军的飞机轰炸，当地因此有了一首童谣："抽中指，打午时，打了午时又五十；江边飞来个铁斑鸠，不吃江边草，要吃人骨头。"

被称为"铁斑鸠"的就是日军的飞机。日军在一九四二年五月四日、五日对保山城进行了两次大轰炸，致使城里一万多人在轰炸中丧生，四千多间民房被炸毁，整个保山城变成了一片废墟。

不久，躲过战火的人们又遇到了更大的灾难——一场瘟疫席卷了整个保山城。这场瘟疫来势凶猛，每天都有人感染死亡。仅三个月的时间，保山城就有六万多人死去。杨善洲的阿爸、妹妹和两个叔叔都在这场瘟疫中病故。杨善洲再一次辍学。

一九四四年五月，中国远征军突破了怒江天险，日军节节败退。当地老百姓纷纷扛起担架，为前线运送粮食和弹药。他们穿行在怒江边的山路上，去时用担架扛着部队需要的补给，回来时就用担架运送伤员和阵亡的将士。杨善洲和表弟一起参加了担架队。他们俩虽然个子小，但也和大人们一样一个来回要走八十公里，扛着担架在山路上飞快地运送物资。

怒江边的山崖很陡峭，山坡上开凿的小路很窄，有的地方只能让一个人通过。从远处看去，灰白色的山路又细又长，像是一条绸带轻轻搭在山崖上。在这样的山路上行走要时刻留神，一阵凛冽的山风吹过，就有可能让人摔下山去。山坡下的怒江水流湍急，人一旦掉入其中就很难再爬上来。杨善洲和表弟一前一后扛着担架，每天在山路上小心地前行着。

这天夜里，他们送完补给之后就和担架队一起连夜返回保山城。夜晚的大山四处黑乎乎的，借着淡淡的星光看去，起伏的山包像是一个个蹲伏着的巨兽，让人望而生畏。人们小心地在江边的小路上走着，都想尽快回家休息一下。

就在他们快回到县城的时候，天空中传来了飞机轰鸣的声音，大家急忙寻找躲避的地方。杨善洲走在前面，他刚要叫表弟快躲起来，就听到一枚炸弹在身后爆炸了。他急忙转身，正看到表弟被炸弹爆炸的气浪掀起，像块石头一样朝着怒江跌落下去。

杨善洲也被气浪掀翻在地，他不顾一切地爬到路边向下看去，夜色中，只能听到怒江湍急的水流声，却看不到表弟的身影。他焦急地大喊道："有

人落水啦！快救人啊！"

走在前面的人都跑了过来，有几个会游泳的人顺着山坡出溜下去，马上又爬了上来，往前面跑去。杨善洲拉住其中一个人喊道："你们快救救我表弟啊！"

那个人指了指前面说："怒江的水流太急了，人如果从这里掉下去，很快就会被冲到前面去的。"

天快亮的时候，人们从距离表弟落水很远的地方把他救了上来。但因为摔下去的时候受了重伤，又在水里泡了很久，表弟被送回家几天后就死去了。杨善洲很难过，埋怨自己没有照顾好表弟。

杨善洲虽然很悲伤，但依然每天去担架队出工。没有了表弟做搭档，杨善洲守着一副担架什么也做不了。大家都知道，杨善洲虽然能吃苦，但和一个孩子搭对子会很费力，因此没人愿意和他一起扛担架。

就在杨善洲沮丧地看着大家积极运送物资的时候，一个中年男人走了过来，拍了拍杨善洲的肩膀说："我跟你搭。"

杨善洲急忙站起身，欣喜地说："叔叔，我会好好做的！"

他们一起上路了。交谈中杨善洲得知，中年男人姓汤，住在距离大柳水村三四公里的一个村子里。

两个人扛起担架的时候，汤叔叔在担架上肩的一瞬，把担架上的东西往自己那边拉了一下。杨善洲知道，担架上的东西只要往前或是往后移一寸，两个人肩上的重量就会不一样。杨善洲想说一句感谢的话，但没等他开口，汤叔叔就低着头往前走了，他连忙跟了上去。

两个人来到一个山坡下，汤叔叔停住了脚步，他对杨善洲说："你走前面。"杨善洲听话地掉转方向，走在了前面。

走到坡顶，要下坡的时候，汤叔叔又吩咐道："你走后面。"

杨善洲没有动，和表弟扛担架的经验告诉他，上坡的时候走在后面的人要承担更多的重量，而下坡的时候走在前面的人更吃力。

汤叔叔催促道："快，要不我们就落后了。"

"可是——"杨善洲刚要说话,汤叔叔就打断了他,语气坚决地说:"你还小,正在长身体,听我的吧。"

"嗯。"杨善洲的心里热乎乎的,脚下的步子迈得更稳了。

中午的时候,天气比较炎热。劳累了一个上午的杨善洲有些昏昏欲睡,脚步也有些踉跄。在他们将要走过一段比较陡峭的山路时,汤叔叔突然停了下来,他走到杨善洲身边,拿出一根绳子在他的腰间打了一个结,然后把另一头拴在担架上。杨善洲不解地问:"汤叔叔,这是干什么?"

汤叔叔指了指山坡下奔腾的江水,淡淡地说:"我怕你一不留神踏错一步掉下去。"

杨善洲看了一眼打着漩儿向前流淌的江水,马上清醒了。他打起精神对汤叔叔笑着说:"我没事了,可以走了。"

第二天,两个人扛起担架的时候,杨善洲像头一天汤叔叔做的那样,把货物往自己这边拉了拉。汤叔叔没说什么,但伸手就把货物拉了回去。杨善洲急忙又拉回来,汤叔叔瞪着他,大声说:"不要争了,听我的,你的骨头还嫩。"

两个人一起上路了。山路崎岖,肩上又扛着重物,每个人走起来都不轻松。休息的时候,杨善洲看到汤叔叔的鞋磨出了一个洞,露出的脚趾上沾满了血。他连忙到旁边给汤叔叔打来清水,还摘来野果让他尝尝。汤叔叔摆摆手说:"你快休息吧,我没事。"

一天,当他们走到一片空地上时,敌人的飞机突然飞了过来,担架队队员们纷纷找地方躲避。杨善洲看着担架上的货物,着急地问汤叔叔:"怎么办?"

汤叔叔看了看空中的敌机,一边让杨善洲快躲起来,一边迅速地把所有货物捆扎了一下背在身上,然后才躲到一块岩石后面去。

敌机扔下几枚炸弹后飞走了。大家从躲避的地方走出来,拍一拍身上的泥土,继续赶路。

晚上,杨善洲回到家时,阿妈发现他的肩上有血迹,心疼地流下了眼泪。杨善洲安慰阿妈:"没事,阿妈,我扛的是轻的。"

阿妈抹了一把眼泪说:"傻孩子,两个人扛一副担架，你的怎么可能是轻的呢？"

杨善洲把汤叔叔一路上照顾他的事情告诉了阿妈，阿妈感慨地说："孩子，你遇到好人了。这样的好人，要记人家一辈子。"

杨善洲认真地点点头："我记住了。"

此后的几个月，杨善洲每天都和汤叔叔一起扛担架。两个人很少交谈，总是默默地赶路。汤叔叔依然尽量照顾杨善洲，从不抱怨，从不希望得到他的回报。看着汤叔叔的背影，杨善洲在心里说：以后我也要做一个这样的人，多帮助别人，不求回报。

踏实肯干的小石匠

阿爸去世后，家里的很多事都要杨善洲来做，但杨善洲不想一辈子给人看山林，一辈子给人放牛羊。阿妈说，大旱三年也饿不死手艺人，去学一门手艺吧。

滇西农村有很多手艺人，其中最吃香的有三大匠：石匠、木匠和泥水匠。人们兴建桥梁，建造房屋，做家具农具等都需要他们。石匠是三大匠中最苦最累的，身体不好或耐力不足都干不好。杨善洲觉得自己能吃苦，可以做石匠。于是他拜了一个石匠师学艺，先从学徒做起。

做学徒的第一年，杨善洲每天都很辛苦，但他做的事情却和石匠手艺没有任何关系。每天天不亮，杨善洲就要早早起床，他要在师父和其他师兄起床前挑水劈柴，准备好早饭，有时候甚至还要给师父打好洗脸水。

大家开始干活以后，杨善洲要把他们头一天换下来的衣服洗干净，收拾屋子，再买菜做晚饭。晚上，所有人吃过饭后，杨善洲要收拾整理好厨房，给师父烧好洗脚水，打扫干净院子才能休息。

整整一年的时间里，杨善洲每天都在师父家的院子里忙前忙后，连石匠的铁锤都没有摸过，但他一声不吭，只管埋头把自己手里的事情做好。师父看在眼里，觉得这个小伙子很不错。过了年之后，师父对杨善洲说："你洗完衣服、做完饭以后，如果有时间，就去给你师兄们帮帮忙吧。"

杨善洲很高兴，给师兄们帮忙的意思就是可以学手艺了。第二天开始，他比以前起得更早了。他把白天要做的事情尽快做完，好赢得时间去学手艺。每到吃饭时间，大家还在吃饭，他已经匆匆把饭菜吃光，拿起铁锤叮叮当当地开始凿石头了。

杨善洲离开家的时候，阿妈曾告诉他："马桩，学手艺要肯吃苦，师父领进门，修行靠个人。你一定要踏踏实实，好好干活。"杨善洲牢牢记住了阿妈的话，虽然一天中只有大半天时间可以学习，但他虚心向师父请教，一有机会就去观察别人怎么干活，自己练习的时候也很舍得下力气，所以他的进步很大。

大家都喜欢这个勤快的小学徒，看到杨善洲做的活有什么地方不对，师父和师兄们就会给他指出来，教他该怎么做。杨善洲认真地听完后，又仔细琢磨，尽量按照正确的方法去做。短短一年的时间，杨善洲虽然比第一年辛苦，但他的技艺得到快速提高。

杨善洲的刻苦和努力让师父做出了一个决定——带着他和师兄们一起到镇康去干活。师父说："镇康做石活的人家多，你到那里可以学到更多东西。"

他们从姚关出发，走了三天，来到镇康的流水村。这里居住的人多，比姚关热闹得多，找他们做石活的人也多。师父告诉杨善洲，他只管专心做石活，不用再做饭洗衣服了。杨善洲不知道该怎么感谢师父，只有更加卖力地干活。

忙碌的时间总是过得飞快，学徒期很快就满了。师父对杨善洲说："我能教你的都教给你了，你可以自立门户去了。"

杨善洲舍不得离开，他恳求师父道："师父，我还有很多东西没学会呢。师父您再教教我吧。"

师父沉吟了一下说："什么手艺都是学不完的，因为好的手艺人干一辈子就会琢磨一辈子。石匠活分很多种，如果你还想学的话，只能再去找一位师父。"

师兄们纷纷反对："师父，他是您门下的学徒，怎么能再去拜别的师父呢？"

师父笑了笑："这有什么？他愿意多学一点儿是好事，我们应该支持他。"

在师父的支持下，杨善洲又拜了邻村的一个石匠为师父，跟着他到镇康的勐捧去干活了。勐捧的一个大户人家正在建造新房，把所有的石活都交给了他们。

能够参与整座新房的石活打制，是很多学徒的梦想。杨善洲很珍惜这次学习机会，他每天早早来到工地，准备好干活的工具。干活的时候，无论师父叫他做什么，杨善洲从无怨言，总是一丝不苟地完成。自己的活干完后，杨善洲马上就去帮其他人。建造这座新房期间，杨善洲把建一座新房需要做的石活都干了一遍。

新房交工的时候，杨善洲已经对建房子要做的石活非常熟悉了。他不仅知道要做些什么，长时间的练习还让他有了一副好手艺。师父不在的时候，师兄弟们都称他为"二石匠"，不懂的问题都来向他请教。杨善洲耐心地教导大家，毫无保留地把自己的心得告诉他们。

有一次，他们接到了一户人家打石脚的活。师父有事要出远门，就让杨善洲带着大家去。打石脚就是给房子打基石，石脚打得好不好，关系到这座房子的基础是否牢固，因此主人家都很看重。

杨善洲要求大家把每块石头的截面都要凿平，上下八个棱角都要整齐。一个师兄说："不用那么仔细吧，石脚打在地下，棱角整齐还是不整齐谁看得到！差不多就可以了。"

"做活计要凭良心，不能看不到的地方就糊弄人。棱角对齐了，基石才稳。"杨善洲说完，选了一块石头就开始认真地凿。不一会儿，他凿出了一块方方正正的石头，对大家说："就照这个样子做吧。"

主人家看到了，激动地说："有你们这样的石匠，我家的房子可以住上一百年。"

大家看到主人家很满意，就都按照杨善洲打制的那块石头干了起来。几天以后，石脚打好了。主人家付了工钱后，看到杨善洲的衣服有些破旧，又专门送了他一套新衣服。

杨善洲做了几年石匠后，当地人都知道他是一个为人厚道，干活舍得下力气，从不偷工减料，从不偷奸耍滑的小石匠。很多人家专门去找他干活。要干的活多了，杨善洲依然毫不马虎。他和原来一样，对每一道工序都尽量做到最好，绝不降低要求。

一九八三年，杨善洲家的茅草房要修理，清理屋子的时候，家里人打算把杨善洲的石匠工具扔掉。时任保山地委书记的杨善洲知道后，请人转告家里人："家里其他东西要扔可以，但我的工具不能扔。要保护好，我还用得上。不要把'当官'当成是永久的职业，永久的职业是好好地做老百姓。"

错了就要做检讨

一九五〇年，保山解放了。

土地改革工作队来到施甸县后，发现干活认真、做事踏实的杨善洲特别适合做群众工作，于是就让他参加了工作队。杨善洲很快就熟悉了工作队的工作，他每天背着干粮和水壶走村串寨，勤勤恳恳的工作态度得到了大家的认可。一九五二年，他光荣地加入了中国共产党，从宣誓的那天起，他就决定将自己的一生都奉献给党的事业。

这一年，杨善洲到席子乡担任土改工作队的分队长。土改开始后，工作队要做的第一件事就是调查村民的情况。席子乡在山区，交通非常不便，村民住得也分散，工作组的队员每天从早到晚挨家挨户去调研考察,全靠脚走。

杨善洲总是走在最前面。遇到山路又陡又滑的地方,他会站住,扶一把其他队员;遇到荆棘拦路的地方,他则会砍出一条路,让大家继续往前走。短短一段时间里,他就带着工作队走遍了席子乡的每一户人家。当地的老百姓都认识他,看到他来了,都亲切地称他为杨队长。

第一轮工作结束后,杨善洲却得到了一个令人震惊的消息:有人将他告到了土改大队,说杨善洲把一位中农错划成了地主。

知道这个消息后,杨善洲反复回忆自己工作中的每个细节,并没有发现什么地方出现了问题。上级领导了解杨善洲,认为这是一位工作态度严谨、做事踏实认真的同志,他们也不肯相信杨善洲犯了这样的错误。

为了澄清事实,土改大队立刻组织了调查组,到村民中走访调查。经过几天的调研后发现,确实是因为杨善洲的疏忽,划错了。当领导找到杨善洲,把调查结果告诉他的时候,杨善洲愣住了。他沉默了一会儿说:"发生了这样的错误,我应该做检讨。我要向全乡的群众做检讨。"

几天以后，席子乡的晒谷场上开了一个特殊的大会，杨善洲要在这个大会上做公开检讨。

得知消息赶来的村民们议论纷纷。

"杨队长那么好的人，怎么会做错事呢？"

"确实是错了。那个人是我们村的，大家都知道。"

"队长会认错吗？"

"谁知道呢！"

看着主席台下黑压压的人群，杨善洲平静地对大家说："这次错划，是我工作的疏忽，是我工作不够认真、不够仔细造成的，我要负全部的责任。我向大家检讨，以后一定不再犯这样的错误。"

杨善洲的话音刚落，台下的群众就喊了起来："杨队长，好样的！你这样的干部我们信得过！"

没等杨善洲再说什么，大家热烈地鼓起掌来。看着村民们热诚的目光，杨善洲的眼睛湿润了。从这一天开始，杨善洲给自己定了一条工作准则：错了就要做检讨。在此后的几十年工作中，他一直坚守着这条工作准则。

有一次，杨善洲到石头寨去做土改工作组的组长，在那里一待就是半年。土改干部都是各地抽调过来的，下乡的时候就住在老百姓家里。这样不仅可以解决吃住问题，还能更深入地了解群众的生活。杨善洲到石头寨工作的时候，就住在一个姓安的老乡家。

这个地区的村民每天吃两顿饭，老安家也不例外。按照规定，工作组的队员每天要付给搭伙的老乡两角钱的伙食费，一顿饭一角钱。工作结束回保山的头一天晚上，杨善洲把这段时间的饭钱交给了房东老安。

屋里只有一盏煤油灯，昏暗的灯光照在杨善洲拿出的一沓旧钞票上。老安推辞道："组长，你到咱们寨半年了，每天天不亮就起来搞土改，天黑还要和干部们开会。你在我家吃的都是苦菜，人都饿瘦了，你就少交两顿饭钱吧。"

杨善洲摇摇头，坚决地把钱塞在老安的手里。"这怎么行？我是党员，不能拿群众一针一线。不能占你们的便宜。"

老安还是不肯收。"你回保山没钱可不行，你好歹是个干部，就留一点儿在身上吧……"老安的话没说完，杨善洲就已经坚决地把这沓皱巴巴的钞票塞给了他。

第二天早晨，天还没有亮，杨善洲就起身准备离开了。他收拾好东西推开门的时候发现，老安一家老小都站在院子里，等着为他送行。杨善洲和家里的老人们说了几句话，然后转身向老安告别。老安没说什么，只是把一个发烫的纸包递给了他。杨善洲没有接，迟疑地问："这是什么？"

老安连忙说："这是两个煮熟的红薯，给你在路上吃的。"

杨善洲想拒绝，但看到老安一家人诚挚的目光，就点点头收下了。

石头寨到保山有一百多里路，走了几个小时后，杨善洲感到有些饿了。他拿出老安给他的那个纸包，打算把红薯吃掉。纸包打开的时候，杨善洲看到，红薯下面压了两张一角的纸币。

这是两顿饭的钱。并不富裕的老安希望杨善洲出门的时候不要两手空空，但又担心他不接受，只能悄悄放在这里。杨善洲明白老安的好意，他为有这样的乡亲而感动。然而，这样把钱收下好吗？杨善洲机械地嚼着红薯，思来想去也没想出一个两全其美的办法。

天色不早了，杨善洲只能继续赶路。回到保山后，他把这两张纸币夹在字典里，一直没有用。

不久之后，县委开始了批评与自我批评的活动，杨善洲马上想到了这两角钱，他毫不犹豫地向组织汇报并做了自我检讨。他在检查中写道："让我少交两顿饭钱我就少交，这是放松了对自己的要求，作为一名共产党人，这样的错误是不应该犯的……"

县委领导了解杨善洲的为人和工作态度，并没有对他做出批评，只是提醒他今后多加注意。但杨善洲觉得出现问题不能回避，一定要把问题解决好才行。

晚上，杨善洲在煤油灯下铺开纸笔，对这件事进行了深刻检讨。写完两页检查后，天已经亮了。他随便洗漱了一下，在食堂买了四个馒头，用开水灌满军用水壶，取出字典里的两角钱，又找同事借了五角钱，在供销社买了几包水果糖，就踏上了去石头寨的路。

尽管杨善洲一刻也不停地往前走，当他赶到那里的时候，也已经是半夜了。村里黑漆漆的，整个村子的人似乎都睡了。杨善洲借着手电筒的光亮找到安家门口。到了之后，他没有敲门，而是靠着门前的草垛坐了下来，吃了剩下的馒头，喝光水壶里的水，盖着军大衣睡着了。

天亮的时候，老安一开门，看到门口睡了一个人，走近一看，发现是杨善洲。他惊讶地喊了起来："组长，你怎么睡在这里？"

杨善洲被叫醒了，他想站起来，却发现自己的手脚已经冻僵了，脚上布鞋的鞋面上也挂了一层霜。他艰难地笑了笑，对老安说："我，我是来找你的。"

"快，快进屋！"老安把杨善洲拉起来，搀扶进家门，忙着叫家里人给他烧水擦脸烫脚。杨善洲活动了一下手脚，拉住老安："不用忙那些事，你先听我说。"

杨善洲说着，从挎包里拿出两角钱、糖和那份检查，递给老安，抱歉地说："对不住你们，这两角钱，早就该还回来的。另外，这是我写的检查，我念给你听。"

老安接过钱和糖，泪水夺眶而出："组长，这不怪你……"

"这就是我的错。"杨善洲站在屋子中央，认真地把检查念了一遍，这才长出了一口气，笑眯眯地说，"我终于改正了这个错误。"

扛着锄头去下乡

保山有一首民谣是这样唱的:"家乡有个小石匠,参加土改入了党,头戴竹叶帽,身穿中山装,穿起草鞋搞农业,开渠引水当龙王。一身泥一身汗,大官儿不当,当什么?当种田郎。"

这首民谣里的种田郎就是杨善洲。大家都知道,杨善洲下乡绝不只是站在田埂上了解一下情况,或是召集大家开个会就离开。每次来到田间地头,只要看到老乡在干活,他就会下到田里和大家一起干。杨善洲的车上总会带着草帽、锄头、嫁接刀等工具,看到哪里的地该挖一挖,哪里有草需要锄一锄,哪里的果树需要嫁接,他总是毫不犹豫地卷起袖子就开始干活。

保山在云南的西南部，地处横断山脉滇西纵谷的南端，辖区地形复杂。山区由于海拔高，形成了"一山分四季，十里不同天"的立体气候。这样的地理位置影响了当地的农业发展。在新中国成立后的一段时间内，作为以农业生产为支柱的地区，保山的粮食产量却处于全省较低水平。怎样提高粮食的产量，怎样让老百姓吃饱肚子，是杨善洲一直没有停止思考的问题。为了解决这个问题，杨善洲一有空就到乡下去，做地委书记的十年间，他几乎走遍了保山的所有村寨。

因为长期在乡间田野工作，杨善洲的皮肤被晒得黝黑，双手非常粗糙。他常常头戴竹叶帽，身穿一件蓝色中山装，脚穿沾满泥土的草鞋。为了下田劳动方便，他的裤腿常常卷起来，看上去和一般的老农没有什么区别。这样一身装束杨善洲穿了四十多年，常常被人误以为是个普通农民。

一九八〇年十月二十三日，时任中共中央总书记的胡耀邦到保山视察工作。接到消息匆匆赶来的杨善洲满腿是泥地走进会议室。看到大家诧异的目光，杨善洲并不解释，因为在他看来，为老百姓做实事无论什么时候都是最重要的。杨善洲在和胡耀邦等人的合影中依然是一身农民打扮，裤腿高高卷起。看到杨善洲满身泥土从田间回来的样子，胡耀邦感慨地说："像你这样朴实的地委书记不多了！"

临走时，胡耀邦送给杨善洲一副对联：心在人民，原无论大事小事；利归天下，何必争多得少得。

一次下乡的时候，杨善洲来到一块试验田边，看到一个年轻人插秧方式不是很规范，就走上前说："这样插秧不对，你们村里没教你们'三岔九垄'插秧法吗？"

年轻人抬起头看了看，只见说话的人是一个皮肤被晒得黝黑，头戴竹叶帽，脚穿草鞋的中年人，以为他是一个过路的农民，就很不耐烦地说："别站着说话不腰疼，有本事你插给我看。"

地里的几个农民也在一旁起哄："嗨，自己的田地只有自己知道怎么种，少管闲事。"

杨善洲什么也没说，他卷起裤腿就下到田里。杨善洲接过年轻人手里的秧苗，一边讲解，一边示范，很快就插了一大片。杨善洲的这种方法插下的秧苗整齐匀称，而且插秧的速度很快。

年轻人惊讶地张大了嘴："还有这样的插秧法？今天真是长见识了。"旁边的几个农民也围了过来，七嘴八舌地向杨善洲请教这种插秧法。杨善洲并没有对他们刚才的话耿耿于怀，而是耐心地手把手教起他们，直到在场的人都掌握了这种方法才离开。

事后，当这几个农民知道教他们插秧的是地委书记时，对杨善洲就更钦佩了。

有一年秋天，施甸县姚关公社即将成熟的稻谷被一场洪水冲走了。很多农户眼看着丰收在即变成了颗粒无收，伤心之余，更担心今年没有收到粮食，明年春夏要饿肚子。

杨善洲考察了当地的情况后，做出了一个决定：号召大家生产自救，栽种麦子挽回大春作物[①]的损失。虽然村民们都积极响应，可是，由于这一地区原来很少种麦子，村民们没什么种植经验，连怎样用复合肥料给麦种催芽都不知道。

---

① 春夏季种植的作物，以水稻为主。

这一天，村民们知道杨善洲要到这里来，就早早聚集在村口的空地上等待着。一见到杨善洲，他们就围上去问："书记，我们没有种过麦子，这该怎么做呢？"

杨善洲让人挑来了两担大粪水、一袋牛粪，又从供销社扛来一袋过磷酸钙化肥，然后把村民召集到一起，对大家说："我来做给你们看。"

杨善洲说着，就用手把大粪水、牛粪和化肥拌在一起。他一边拌，一边讲解："这叫给小麦种子包衣，可以帮助麦种催芽。大家一定仔细看、认真学，要学会了做对了，才能提高产量。"

村民们都认真地看着杨善洲操作。只见他一边讲解，一边用手拌粪肥。粪肥发出难闻的气味，周围的人都捂住了鼻子。杨善洲却像什么也没闻到一样，一直低着头仔细地调整粪肥的比例。只见他一会儿加入大粪水，一会儿加入牛粪，直到他认为浓度合适之后，才把小麦种子拌入其中。粪肥和种子拌好后，杨善洲让大家把混有麦种的粪肥堆起来，拍拍手说："再捂几天就可以了。还有谁不会就问我，一定要弄明白才行。"

村民们虽然有些疑惑,不知道这样做到底管不管用,但回去以后还是按照杨善洲示范的方式用粪肥拌了种子。他们把捂好的种子撒到田里,这些种子很快就发了芽,长势非常好。

这一年,姚关公社的小麦长得整齐茁壮,而且没有遭受什么病虫害。小麦收割的时候,杨善洲专门来到地里,看着大家收割。第一块地的小麦收上来后,人们惊喜地发现,一亩地的收成居然达到了三百斤左右,原本担心春季断粮的人家都放下了心。这一举措解决了很多农户家里无粮的困境。大家都对杨善洲赞不绝口。

杨善洲常说:"解决人民群众的吃饭问题是头等大事。我们是党的干部,如果让老百姓饿肚子,我们就失职了。"为了提高粮食的产量,他想了很多办法。这些办法都不是在办公室听汇报开会能够想到的,而是他整天扛着锄头到乡下去了解到很多真实情况才总结出来的。

爱走路的杨老倌

保山有五个县,九十九个乡。

杨善洲熟悉这里的山山水水,他几乎走遍了保山的每一个村寨。有路的地方他坐车,没路的地方他就走路。

因为杨善洲的穿着打扮也和农民一样,大家都亲切地叫他"杨老倌"或是"老善洲"。杨善洲走在村子里,村民们看到了都会招呼他到家里去喝口水,坐一坐再走。如果有空,杨善洲就会坐到村民的火塘边,和他们一起烤一罐茶,聊一聊家里和村里的情况。

一天,杨善洲正走在路上,突然被一个赶马人叫住了。

赶马人说："兄弟，我有一匹马的马掌脱落了，你能帮我端一下马脚吗？我一个人没法钉。"马掌是用来保护马蹄的，如果不尽快钉上，马蹄就会受伤。

"好！你放心钉吧。"杨善洲毫不犹豫地答应了。

只见他走到那匹马跟前，弓步蹲好，把掉了掌的那只蹄子放在自己的膝盖上。赶马人忙取出工具，把新马掌钉了上去。

钉马掌花了整整半个小时，但杨善洲一直耐心地托着。直到马掌钉好，他才站起来，拍拍身上的灰，去办自己的事了。直到后来，这位赶马人才知道原来那天帮忙钉马掌的过路人竟然就是他们县的书记。

一九八二年的一天，杨善洲到施甸县了解土地承包的情况。到了保场公社后，通往村里的小路狭窄不平，车开不过去，他便收拾好东西，准备步行。

杨善洲戴上竹叶帽，下车的时候对驾驶员说："要是天黑前我还没回来，你就自己安排食宿吧。"

驾驶员在车上等了整整一天，没等到杨善洲回来，只好自己回县城住了一夜。第二天一早，他就赶到保场公社，可还是没有看到杨善洲。驾驶员在车上又等了一整天，杨善洲还是没出现。他有些着急了，决定自己去找一找。

杨善洲在很多公社都设置了样板田，每次下乡都会去看一看。驾驶员于是先来到保场公社的样板田，但杨善洲好像并不在这里。他只好问路边的一个老人："老人家，这两天您看到过一个戴竹叶帽、穿黄胶鞋的人吗？"

老人想也没想就点点头："嗯，是有一个这样的人来过。"

驾驶员急忙问："知道他到哪里去了吗？"

老人的手往前一指："您去那边吧。他和我说了很多话，问了我好多村里的问题，我们还一起卷了一支草烟。我邀请他到家里去坐坐，他说还要去更远的东山，就告辞走了。"

"好的，谢谢您。"驾驶员无奈地回到了县城。

把地委书记跟丢了的事情已经发生过不止一次了，他除了耐心等待，没有其他办法。三天后，木老元公社给县委打来了电话，说杨善洲在他们那里。找到了杨善洲，驾驶员的心刚放下来，但马上又提了起来。

驾驶员知道，木老元是施甸县最贫困的山区之一。虽然距离县城只有二十多公里，但因为交通不便，山路崎岖，很少有人到那里去。木老元的人出来一次就要两天的时间，而这一次杨善洲从保场公社出发，花了三天时间才走到那儿。这一路上杨善洲经历了多少艰难险阻，真是难以想象。几天后，当看到安然无恙的杨善洲时，驾驶员的心才真正落下来。

还有一次，杨善洲要到龙陵县的木城乡去调研。木城乡在中缅边境，距离保山县城有三百公里。因为地处偏僻，当时那里还没有公路，村民出入都只能赶着马步行。大家问杨善洲："没有公路，怎么去？"

"村民怎么走，我们就怎么走。"杨善洲挥了挥手，让大家跟在他的身后，绕道芒市，徒步向木城乡走去。

这是一条掩藏在杂草和树丛间的丛林便道，因为很少有人走，很多地方没有明显的标志。走在前面的人只能手持砍刀，为后面的人砍出一条路来。工作组的队员有时要跨过溪流，有时要攀越山崖。他们渴了喝山泉水，饿了啃几口干粮，夜晚就在老乡家借宿。

一路上最让人难以忍受的还是蚊虫叮咬。山里的蚊虫有的有核桃大，有的却比针尖还小。大蚊子容易避开，最可怕的是针尖大小的黑虫子。这种当地人称小黑虫的虫子很不显眼，往往当你看到它的时候，它就已经吸饱血了。大家常常一路走，一路拍打着身体裸露在外的地方。几天后，有人的脸就变得又肿又痒，但依然紧紧跟着队伍往前走。

满是碎石的山路使很多人的脚上磨出了泡，走起来痛苦不堪，但看到杨善洲一直埋头往前走，他们也就打起精神咬牙向前。从保山到木城乡的几百公里路，他们走了四天，一路上没人退缩，也没人叫苦。

木城乡的村民很热情，他们敞开家门，欢迎这些远方的来客。杨善洲很快就和村民们聊了起来，其他队员也进入农户家中了解情况。杨善洲叮嘱工作组:"不要走马观花,要深入了解最真实的情况,认真处理农民遇到的困难和他们提出的要求。"

这一次下乡,杨善洲和工作组其他队员花了整整三天的时间对周围的乡村进行了调研,充分了解当地的情况。一路上他们看到村寨就进去,和老乡谈心,真正掌握了当地的实际情况。

调研回去后,杨善洲带领大家制订了改变边境贫困乡村面貌的工作方案。因为前期做了扎实的基础工作,每个队员都对当地的情况了如指掌,因此他们的方案没有空洞的内容,更没有不切实际的措施。方案制订出来后,很快就得到落实。扎实的基础工作使得这个方案符合当地的实际情况和群众的需求,因而很快切实改变了保山边境村寨的贫困状况。

杨善洲常说:"走路最能深入群众,一路走,一路看,一路问。和农民吃在一起,住在一起,干在一起,了解到的情况才真实。"

为群众做事不马虎

保山人都知道,有问题可以找杨善洲,有冤屈也可以找杨善洲,因为他为群众做事不马虎,只要是老百姓反映的问题他都会很重视,都会在第一时间着手解决。

一九八八年的一天,杨春兰老人遇到了一件奇怪的事。这天,他赶着自家的猪去集市上卖,突然遇到一群人拦住了他。其中一个人喊道:"把我的猪还给我,你这个小偷!"

杨春兰老人虽然很生气,但还是大声解释说:"这是我的猪啊,你们认错人了。"

谁知这几个人不仅不听他的解释,一边把猪赶到一旁,一边还对路过的人说:"这个老倌是个贼,这头猪是我家的，被他偷去了。"

杨春兰老人气得满脸通红，但却没办法把猪从这些人手里夺回来。他欲哭无泪，喊道："我们去找工作组，让他们评评这个理！"

这几个人同意了，他们拉着老人找到工作组，要求保山地委工作组的工作人员主持公道。工作人员问杨春兰老人："这头猪有多大了？"

杨春兰老人愣了一下。"这个，这个我不太清楚。我刚买来没几天。"

工作人员又问："这头猪身上有什么特征吗？"

杨春兰老人焦急地说："我不是说了吗？这头猪我买来没几天，怎么知道它身上有什么特征？"

工作人员冷冷地说："你说这是你的猪，可是关于猪的情况你却一问三不知。如果他们想要骗你的猪，怎么敢跟你一起来工作组？这头猪分明就是你偷的。"

杨春兰老人着急地摇着手，嘴里一个劲儿地说："不是我偷的，真不是我偷的……"

最终，工作人员要求老人把猪还给对方，并罚款八十元。

杨春兰老人不愿意接受这样的处罚。他每天早早来到工作组驻地，站在门口大喊："我是冤枉的！我要申诉！"

一连几天都这样。有人把这件事告诉了杨善洲，杨善洲马上找来工作组和信访办的干部去调查核实这件事。他说："这件事你们必须仔细调查一下，我们不能冤枉任何一个无辜的人。"

工作组的同志通过走访调查后，终于把事情的原委弄清楚了。原来，杨春兰老人的这头猪确实是他从别人手里买来的，而猪却是卖猪的人偷来的，但老人对此毫不知情。失主看到杨春兰老人赶着猪去卖，误以为是老人偷了他的猪。

工作组的工作人员向杨善洲汇报完后，愧疚地说："是我们的工作不够细致，我们错了。"

杨善洲指了指门外："需要道歉的不是我，是杨春兰老人。我们处理的任何小事，都可能是关乎群众切身利益的大事，不管什么时候，都不能马虎行事，不能伤了群众的心。"

工作人员听后连忙上门当面向老人道歉，赔还了所收的全部罚款。

正因为杨善洲办事公正,在他退休后,保山的群众有时候遇到问题还是会去找他。在当地人的心里,找到杨善洲就是找到讲理的地方了。

一九八五年六月,保山地区的很多地方都遭遇了大旱。杨善洲每天都奔波在路上,很多灾情严重的村寨都留下了他的脚印。这一天,他来到了姚关镇,恰好区委在办公室召开"抗旱栽插"紧急会议。杨善洲没有提前通知大家,而是径直走进了会场。主持会议的区委书记看到后,急忙一边让座一边说:"请杨书记发表指示!"

杨善洲不客气地说:"我屁股还没坐热,有什么指示?"

区委书记开始汇报工作,汇报的内容都是一些夸大的数据。杨善洲实在听不下去,便打断他的发言说:"秧苗是一棵一棵栽的,田是一丘一丘泡的,吹是吹不出来的。我看过了,大乌邑门口的两架水车还空着,没有打水。干沟村门前的那一坝田还干着。小乌邑门口的两头牛背着犁在那里站着,一群妇女在埂子上聊天……"

参加会议的人都很惊讶,谁也没想到杨善洲对当地的情况如此了解。区委书记连忙说:"杨书记,我们再商量一下。"

杨善洲站起身说:"走,要商量去田头商量,看怎么解决。"

在杨善洲身边工作过的人都知道,跟着杨书记干活,要能吃苦、能受累,为群众做事不能马虎。杨善洲常说:"不要想人民、党对不起自己,多想一想我们的工作怎么样,有没有对不起党和人民的地方。"

一九五一年,杨善洲在西南乡进行土改工作的时候得了疟疾。这种病发作的时候忽冷忽热,冷的时候像是掉在了冰窖里,而热的时候像是被扔进了火炉里。这一天,天上下着大雨,杨善洲却突然挣扎着爬起来,戴上竹叶帽,披上蓑衣,穿上草鞋,手拄拐杖向外走去。

他歪歪斜斜地走了几步,差点摔倒在地,其他同志连忙扶住了他。有人问:"你这是要到哪里去?"

杨善洲虚弱地说:"我跟几个寨子的农民约定的开会时间快到了。"

58　中华先锋人物故事汇　杨善洲

大家着急地说："你现在发着高烧，外面还下着雨，要是淋了雨，病情会加重的。找个人替你去吧。"

杨善洲摇摇头："不行！那里的情况我比较了解，而且我已经答应了村民们，无论如何我都要去。"

大家没能说服杨善洲，只好几个人一起搀扶着他在雨里向前走去。他们走过了六公里崎岖泥泞的山路，终于在开会前赶到了会场。

让每个孩子有学上

在云南的很多地方，因为山高路陡，孩子们上学常常需要走很远的山路。他们天不亮就起床，简单收拾一下就举着火把踏上了黑乎乎的山路。遇到下雨天，大部分孩子走进教室时已经浑身湿透了。

杨善洲不止一次见过这样的孩子。每当看到孩子们单薄的身影消失在山路尽头时，他都会皱起眉头。

一天，时任施甸县委副书记的杨善洲来到清平洞小学。天很冷，教室前的空地上蹲着几个孩子，他们缩着脖子，一勺一勺吃着冷饭。杨善洲走过去问他们："你们的家离学校很远吗？"

几个孩子羞涩地点点头，一个孩子说："我们是陡坡村的，要走两个小时的山路才能到学校。我们每天四五点钟就必须起床，要不然就会迟到。"

"上学要走两个小时，放学再走两个小时，你们一天要走四个小时？"杨善洲问。

"嗯。"几个孩子点点头，"中午回不去，就在这里吃饭。"

杨善洲摸了摸一个孩子的头，低声问："所有陡坡村的孩子都在这里上学吗？"

这个孩子摇摇头："不，只有我们这几个。来上学的路太远了，好几个人都不愿意来，就不上学了。"

杨善洲不再说话，他想到了小时候上学的情景。那时候自己虽然爱读书，却只在私塾念过两年，但他一直渴望学习，深知科学知识对生产和生活的重要性。参加革命以后，他才有机会在干部学习班系统地学习了文化知识，弥补了一直以来的缺憾。

想到这里，杨善洲马上找来清平洞小学的校长，指着那几个孩子说："让这些学生每天走那么远的山路不行。我们必须尽快解决他们上学难的问题。"

清平洞小学的校长点点头说："我也考虑过。学生年纪太小，每天早出晚归，路上也不安全。最好的办法是，在陡坡村建一所民办学校，让学生能够在家门口上学。"

"那不行！"和杨善洲一起来调研的几个人立刻反驳说，"别的地方都没有这种学校，我们怎么能办呢？"

杨善洲掏出口袋里的所有钱放在桌上："我看这个办法可以。别的地方没有，不等于就不能办。学校办起来就能让村里的孩子就近上学，少走山路，中午还可以回家吃口热饭。这是我身上所有的钱，大家都给一点儿，学校就建起来了。"

陡坡村的村民们知道了杨善洲的想法后，都很高兴。有的人把猪卖了，把卖猪的钱全捐了出来；有的人把准备盖房子的木料拿了出来；有的人则干脆带上全家老小到学校建筑工地上来帮忙。在大家的努力下，一所简陋的民办小学很快就建起来了。从那以后，陡坡村和村子附近的孩子都不用再走远路去上学了。

陡坡村的孩子们可以在家门口上学了，可是，杨善洲知道，还有很多孩子因为家庭贫困，只能在家务农。怎样才能让这些孩子继续完成学业呢？杨善洲想了很久，多方调研之后，终于想到了两个好办法。

第一个办法是在县财政设立了助学金，给贫困学生每学年补助两元钱，在二十世纪六十年代，两元钱够一个学生整整一学年的费用。后来，当地的很多学生就是依靠这笔助学金完成了学业。第二个办法是创办半工半读的简易学校。简易学校和一般学校的要求不一样，在校时间缩短了，教学要求也低一些，能够让学生在学习文化知识的同时回家干农活。在杨善洲的推动下，施甸县共建了简易小学五百零五所，有一万多名学生就读，这些学生因此而没有完全辍学。

为了让更多孩子接受教育，杨善洲还倡导在各个公社开办农业中学。一九六三年，施甸县第一所农业中学成立，之后又有十六所学校相继开办。

这些举措对当地的教育发展有很大的促进作

用，使保山的辍学率远远低于其他地区。杨善洲担任施甸县委书记的时候，当地百分之八十的农民都是文盲，他便常在各种会议上强调："生产经济发展的根本就是教育，农民有知识，生产才能发展，生活才能进步。"经过宣传，很多农民都积极参加了扫盲班，他们白天劳动，晚上就提着马灯去学文化知识。许多参加过扫盲学习班的群众都说："一开始，我大字不识一个。后来参加扫盲班，学会了写名字、查字典、读报和记简单账簿，收获不小呢！"

二十世纪六十年代，全国掀起了大规模农田水利建设的高潮，很多地方的学校停课去搞建设，保山也不例外。因为老师和学生都到工地上去帮忙，教学任务无法完成，学生成绩急剧下降。

杨善洲知道这个情况后，马上召开了一个会议。在会上，他郑重地宣布了一个决定：全县教师要以教书为重，不参与支农活动。学校一定要贯彻国家的教育方针，教师要按照教学大纲的要求上课。

杨善洲对保山的教育工作做出了很多贡献。很多老师都说:"老书记如此重视教育,我们一定要教好书、育好人,才对得起上级领导的良苦用心啊!"

别人的东西一分钱也不能要

杨善洲有三个女儿,他给她们分别取名为惠菊、惠兰和惠琴。三个女儿虽然很少见到杨善洲,但父女之间的感情很深。杨善洲每次回家都会给她们带一些糖果或是其他的小礼物,有时还会帮小女儿梳小辫子。只要杨善洲回家,三个女儿就像过节一样高兴。

这一天,小女儿经过甘蔗基地的时候,一位阿姨给了她三根甘蔗,她高兴地抱着甘蔗回家了。

一进院门,她就看到阿爸坐在院子里,欣喜地跑了过去。杨善洲看了看她怀里的甘蔗,笑着问道:"一下买三根,扛回来很累吧?"

小女儿摆摆手说:"不是买的,是甘蔗基地的一个阿姨给的。"

"你怎么能要别人的东西呢？"杨善洲的脸上没有了笑容，"快送回去。"

小女儿不愿意，她委屈地说："不就是三根甘蔗吗？甘蔗四分钱一斤，这几根甘蔗最多几毛钱。"

杨善洲发火说："你记住，别人的东西一分钱都不能要！"

小女儿从来没有见过阿爸这么生气，她不敢再说什么，哭着把甘蔗送了回去。

这样的事情在杨善洲身上还有很多。杨善洲对自己的要求很严格。他认为贪污腐败就是从收别人的东西、占小便宜开始的。他身边的人都知道，杨善洲从不收任何人的礼。很多给他送礼的人都被他毫不留情地骂了回去。

一天，有一个老部下来看他，给他带了一小袋自家的玉米面、一斤蛋糕和一些香蕉。这些东西杨善洲收下了，但等这个人走后，他马上托人给那位老部下捎去了十元钱。杨善洲的做法看起来似乎有些不近人情，但这却是他一直坚守的原则。

一九八六年的一天，乡里的一个干部看到杨善洲家粮食不大够吃，一家人只能吃苞谷①饭，就让人给他家送去了两袋救济粮。杨善洲知道以后，立刻让家里人把两袋大米送回去，并且严厉地批评了那个干部："很多人家连苞谷饭都吃不上，要接济就应该接济比我们更困难的群众。大家都穷，我一个地委书记能富得起来吗？"

杨善洲不仅不要别人一分钱的东西，也绝不占公家和老百姓一点儿便宜。

他每次下乡，总是一辆212北京吉普，一个秘书，一个驾驶员就走了，绝不带随员。遇到饭点就在老百姓家吃饭，老百姓吃什么，他就吃什么。吃饭以后，他都会留下饭钱，没有一次例外。

有一次，杨善洲到龙陵县去调研。他们三个人在县委食堂吃了一顿饭。那顿饭有一碗白菜，一碗蒜苗，一碗酸菜炒肉，一碗萝卜汤。吃完后杨善洲的秘书去结账，县委书记推辞说："今天的菜很简单，用我的伙食费冲抵就可以了。"秘书于是就没

---

① 苞谷：方言，玉米。

有付钱。

第二天,杨善洲突然想到这件事,就问秘书:"昨天吃饭多少钱,结账了吗?"

秘书说:"六元五角钱。汪书记坚持要结账,所以我没付。"

杨善洲掏出六元五角钱对秘书说:"你立刻搭班车回去把伙食费交了。"

秘书只好搭班车回去交伙食费。秘书一来一去的路费花了二十二块钱,住宿花了十块钱,而那顿饭只用了六元五角钱。秘书觉得不合算,有些抱怨。杨善洲解释说:"账不能那么算。我们下乡,这里吃一顿,那里吃一顿,擦擦嘴巴,拍拍屁股就走了,最后这些账还不是摊到老百姓的头上?这个风气千万不能开头啊。"

杨善洲每逢休假或是有事回家,从未用过单位给他配的公车。有时驾驶员想送送他,都被他坚决拒绝了,他说:"回家是私事,不能用公车。"

杨善洲下乡的时候常常带着锄头和嫁接刀,他的嫁接技术很好,经他的手嫁接的果树都能有好收成。

有一次,杨善洲来到保山大官市大队,队里正在收摘水蜜桃。桃园里的果树正是几年前杨善洲为他们嫁接的,而今挂满了果实,许多树枝都被压弯了。看到杨善洲,果园管理员高兴地迎了上去,递给杨善洲一个大桃子:"杨书记,请吃桃子。"

杨善洲没有接,而是对管理员说:"果子结得不错,我们先看看园子吧。"

看到满园丰收的果实,杨善洲仔细询问了果园的管理情况。管理员高兴地说:"今年霜冻时间少,雨水也多,挂果情况不错。"杨善洲点点头,和管理员边走边聊起了果树的修枝打杈。

在桃园里走了很久,杨善洲才在一块石头上坐下休息。管理员又端出刚摘下的桃子请他吃。杨善洲看了看桃子,又看了看管理员,笑着说:"要摘就多摘一些吧。"

管理员以为杨善洲嫌少,忙又去摘了一些。杨善洲让他称一称,管理员拿出秤称过后说:"刚好五斤。"

杨善洲掏出钱递给管理员:"就要这五斤。"

管理员连忙摇手:"书记,这些果树是您亲自嫁接的，怎么能要您的钱呢？我不能收您的钱。"

杨善洲认真地说："嫁接归嫁接，付钱归付钱，这是两码事。你要是不收钱，我就不吃这桃子了。"

管理员又劝说了一阵，但都没法说服杨善洲，只好收下了钱。杨善洲接过桃子，转身笑着对一起调研的人说："来，今天我请大家吃桃子。"

穷书记　富书记

　　保山还有一首民谣："施甸有个杨老当，清正廉洁心不贪，盖了新房住不起，还说破窝能避寒。"

　　民谣里的杨老当就是杨善洲，他家的房子一直是村里最破旧的，直到二〇〇八年才建了几间砖瓦房。民谣中提到的新房，是一九九五年的时候，家里人在施甸县城附近买了一块地，为杨善洲老两口儿盖的一幢房子。

　　盖新房的时候，三个女儿向亲戚朋友借了一些钱。房子盖好后，老伴对杨善洲说："能不能凑点钱给娃娃们还账？"

　　杨善洲东拼西凑拿出了九千六百元交给老

伴。老伴没有接，问他："这几十年你就攒了这些钱吗？"

杨善洲点点头："别人不理解我，你还不理解我？我真的没钱。"

老伴不再说话了。她想到了二十年前的一件事。那一年，老屋每逢下雨就漏得厉害，家里一块干的地方也没有。她托人捎信给杨善洲，希望他想办法凑点钱给家里修房子。

两个多月过去了，杨善洲寄回家三十元钱，一同寄来的还有一封信，杨善洲在信中交代，用这个钱买几个瓦罐，哪里漏雨就接一接雨水。他在信中写道："我实在没有钱，这一点秘书可以做证。眼下农民比我们困难的还很多，作为一个地委书记，别以为我有钱，这一点需要你们的理解。"

几年后，房子又漏雨了。杨善洲对来找他的女婿说："我暂时没钱，你们这旮旯漏了就搬到那旮旯住吧。"

这一次，看到大家为新房为难，杨善洲果断地决定：把房子卖掉，不拖累孩子们。盖好后的新房子一天没住，就这样卖掉了。

杨善洲看起来真的很穷，他的衣服永远只有那几件，家里人有困难他也无力帮助。可是，作为一个地委领导，杨善洲的工资收入不算太低。他的钱都到哪里去了呢？

在保山任职期间，杨善洲在大官市蹲点。他经常到当地的农技试验站去和大家一起研发新品种，也常常自掏腰包给他们买稻种、树种和菜种，甚至还买过一头耕牛。

有一次，杨善洲带着工作人员到一个村子调研。村民们看到杨善洲来了，热切地说："书记，我们想发展多种经济，养点蜂子，可是没钱啊！"

杨善洲想了想，问秘书："徐秘书，快帮我查查，我这两年下乡补助都攒着没用，现在一共几个钱了？"

徐秘书回答说："四百多块了！"

杨善洲高兴地说："太好了！这下解决大问题了，你把钱全部给他们买板子打蜂箱，把蜜蜂养起来！"

几百元不算多，但对一个贫困村而言，有了一笔启动的资金，就能让农民看到致富的希望，就能鼓励他们去努力脱贫。这样的事情杨善洲没少做。听说大官市大队成立了一个茶叶专业组,没有生产资金,正到处借钱,他马上派人送去了八百元。

直到杨善洲去世,他的妻子和女儿都一直在农村务农。按照国家的相关规定,杨善洲担任地委书记之后,他的妻子和孩子可以"农转非",即把农村户口转为城镇户口。虽然知道如果她们能够"农转非",生活就会有很大改善,但杨善洲坚决不办。

在他去世后,人们在他的遗物中找到一张已经发黄的空白表格——《干部农村家属迁往城镇落户申请审批表》。很多年过去了,这张表格被他一直放在抽屉里,没有填写,也没有提交。杨善洲当时解释说:"如果大家都去吃居民粮了,谁来种庄稼?身为领导干部,我应该带个好头。我相信我们的农村能建设好,我们全家都乐意和八亿农民同甘共苦建设家乡。"杨善洲的家人没有办理"农转非",但他却帮助很多人做了这件事。

有一次,杨善洲到地区农科所调研的时候发现,农艺师毕景亮的妻子和孩子都在农村,家里的条件不好,生活很艰苦。杨善洲在开地委常委会的时候提出："我们要主动关心像毕景亮这样的科技干部，尽快解决他的困难。不光是他，也要注意解决其他科技干部的后顾之忧。"在杨善洲的亲自督促下，有关部门为毕景亮一家安排了住房，解决了很多实际问题。

有人说，杨善洲把他挣到的钱几乎全部给了别人，他穷了自己一个，富了千万家！他把所有的精力和热情都用到了为人民服务上，是一个贫穷的"富翁"。

让大亮山绿起来

每年八月,是滇西地区稻谷扬花的季节,也是人们期待丰收的季节。

保山是云南的主要产粮区。每到这个时节,成片种植的稻田为大地铺上了一块块黄绿相间的地毯,空气中弥漫着稻花的清香。辛劳了一个夏天的大人们准备收割稻谷,期待着稻谷成为香甜的米饭。孩子们则跃跃欲试,准备着去抓稻田里的稻花鱼。

然而,一九八七年的八月却让人们失望了。

这一年的八月,天气非常反常。不仅连续下了大半个月的雨,气温也比往年同期低了好几摄氏度。刚开花的稻谷受到了低温的侵袭,花谢后没有结出稻谷，很多稻壳都是空的。农民没有办法，只好提前收割后在地里种下了玉米和荞子，否则第二年什么吃的也没有。

九月的时候，施甸县最远的酒房乡连续遭遇了三次大的洪灾，即将成熟的庄稼颗粒无收，损失惨重。当地的老人告诉杨善洲，从来没有见过这样的大水。他们无奈地说："老天要变脸了，谁也没办法啊。"

真是老天要变脸吗？常年在乡村进行调研的杨善洲并不这么认为。

杨善洲清楚地记得，在他担任保山地委书记两年后的一九七九年，保山就经历了一次七十年未遇的大旱。那一次，整个地区八个月没有下过一场大雨，全区三分之一的河沟和水井都干涸了。

从那时开始，杨善洲就在思考，恶劣天气多发仅仅是气候的原因吗？有没有人为的因素？他下乡调研的时候专门就这个问题请教专家，查找资料。一段时间之后，杨善洲发现了一些惊人的数据。

新中国成立初期，保山森林总面积一千四百八十五万亩，森林覆盖率百分之五十二。一九七五年普查的时候，保山森林总面积却只有八百一十万亩，森林覆盖率只有百分之二十八点三。同时，每年森林的自然生长量是五十六万立方米，而消耗量却有一百万立方米以上。如果按目前的情况发展下去，二十年后，保山现有的森林将荡然无存。

水利部门的数据也显示，腾冲县的森林覆盖率从百分之五十四减少到百分之三十四以后，县里的十条河流的流量都有了不同程度的减少。原来流量不小的蒲川河，在一九七九年的时候断流了。

很多实例都表明，森林覆盖率和农业生产有着密切的联系。杨善洲记得，昌宁县的新街公社上游的森林被砍光后，一次山洪暴发，泥沙就把大部分的稻田覆盖了。村民们苦干了三年，才把表层的泥沙铲除，恢复了耕种。但一场暴雨后，泥沙又掩埋了刚挖出的土地。沙子埋得太厚的那些田，也许永远都不可能复耕了。

触目惊心的数字让杨善洲意识到，气候变化对农业生产有一定的影响，但人为因素也在推波助澜。如果忽视林业生产，将会产生更严重的后果。杨善洲不止一次在全区会议上提到这一点，他告诫大家：如果不重视植树造林，不但下一代没有木材可用，就是我们这一代也很快没有柴火烧了。

一连几天，杨善洲带着人走遍了大亮山的每个山头。他一言不发地查看着周围的环境，越看越觉得难过。

大亮山位于云南省保山市施甸县城东南四十四公里处，这座原来物产丰富的大山现在岩石裸露，风沙飞扬。有人编了这样一首歌谣："好个大亮山，半年雨水半年霜；前面烤着栗炭火，后面积起马牙霜。"

大亮山原来不是这样的。杨善洲还记得小时候在哪里和阿妈一起采过野菜，在哪里和妹妹一起摘过野果。可是现在的大亮山却被毁林开荒、乱砍滥伐弄得遍体鳞伤。原来茂密的树林被烧毁或砍伐了，裸露出干枯贫瘠的土地；原来密林间潺潺的小溪不见了，干燥的山风掠过，扬起一阵沙尘；没有了树林，原来生活在树林中的小动物自然不见了踪影。在大亮山上走了几天，杨善洲也没看到一只羽毛斑斓的山鸡。

因为缺少良田，周围十几个村子陷入了"一人种三亩，三亩吃不饱"的境地。村民们为了增加粮食产量，便增加了毁林开荒的面积，越发加剧了生态环境的恶化。这样的恶性循环很快让村民们尝到了苦果，有的村子没有了水，人和牲畜的饮用水都要到几公里以外的地方去人挑马驮。生存环境的恶劣使得当地老百姓的生活条件非常艰苦。

这是养活了大柳水村人的大亮山啊！这是让全家人渡过难关的大亮山啊！杨善洲在心里对自己说：无论如何，也要为自己的家乡做一点儿事，让大亮山再绿起来。

杨善洲马上就要退休了，辛苦了一辈子，按照有关规定，他可以到省城昆明去享几年清福。但杨善洲坚决地拒绝了，他对劝告他的同事说："我是一名共产党员，只要生命不结束，服务人民不停止！"

大家以为他是在说大话，可杨善洲说："这不是大话，是心里话。我当地委领导多年，没有条件，也没有时间为家乡施甸人民办一些事。现在要退休了，有时间了，别的事我做不了，植树造林多少还懂点，我就用最后这点精力为大家做一点儿事。山上有了树，也算给后代留下一点儿东西。"

一九八八年三月，六十一岁的杨善洲退休了。他在日记里写道："在即将退休前，我就反复思考，自己在地县领导岗位上工作了三十多年，总觉得没有为家乡人民办过多少事。现在退休了，在有生之年要再为家乡人民群众办点实事，才对得起家乡父老，才不辜负党和人民对自己多年的教育和培养，才不辜负广大干部职工对自己的期望。"

家里人知道他要到大亮山种树后，劝他说："你要种树就到别的地方去种吧，那座山连野樱桃都长不了，怎么能种树呢？"杨善洲反问道："如果不去种，树难道自己会长出来吗？"

老伴劝他说："等你坟头长草了，树还没长大呢。"

杨善洲却坚定地说："我们死了，后代还可以享受。"

杨善洲决定要做的事就一定会认真去做。他知道，要到大亮山上种树并不是带着人扛着锄头上山，挖坑栽树就可以，还必须经过大量的调查研究，规划能够育林的区域，找到适合的树种，设计合理的管理方案才能去实施。为此,杨善洲多次带着县林业部门的领导和科技人员到大亮山去实地考察。

有一次,他们带着帐篷和被褥,在山上徒步了二十四天,对姚关、旧城、酒房等地进行了调研。山上没有人家可以借宿,他们就住在帐篷里。没有老乡家可以搭伙吃饭,他们就用石头垒灶自己做饭。有时候遇到大风雨,帐篷漏雨,衣服和被子都湿了,但没有一个人叫苦。这次调研,杨善洲选定了林场的位置,坚定了种树扶贫的决心。他对身边的人说:"都是在我们手上破坏的,树都被砍光了,多可惜!我们要还债!要还给下一代人一片森林,一片绿洲!"

安营扎寨大亮山

对于大亮山林场来说,一九八八年三月八日是具有纪念意义的一天。这一天,是杨善洲退休的第三天,也是林场职工第一次登上大亮山林场基地的日子。

杨善洲头一天就赶到了距离大亮山最近的黄泥沟,第二天一早,他和退休的施甸县林业局局长杨汉章就率先出发了。在他们后面,是各方调集的十五个人和雇来的十八匹马。人们背着自己的行李,马背上驮着帐篷、工具和粮食,一步一步向山上行进。

这是第一批上山的人,迎接他们的将是难以想象的困难。每个人上山前都有充分的思想准备,没有人在中途退缩。他们走了两个多小时才到达山顶，休息了一会儿再从山顶下坡，走了很久后来到一块平地。

还没下到坡底，他们就看到空地上有人点燃了篝火。走近一看，站在篝火旁不断添柴的正是杨善洲和杨汉章。火堆里，一堆胳膊粗的栎树枝熊熊燃烧着，烧透的枝干噼啪作响，像是在放鞭炮。

看到大家都安全到达了，杨善洲宣布："我们就在这里安营扎寨了！"

人们很快行动起来，有的去捡柴，有的去打水，有的搭帐篷，有的搭灶做饭。杨善洲提前勘测过这里的地形，他知道不远处有一股指头粗细的泉水，只要接一根管子就可以把水引过来。

天黑之前，帐篷搭起来了，饭煮熟了，水烧开了，茶泡好了，人们在晚风中吃了来到大亮山的第一顿饭。

这天晚上，大家围坐在篝火旁，召开了大亮山林场的第一个火塘会议。杨善洲对大家说："办大亮山林场，是我多年的愿望。过去我当地委书记，没时间来种树。现在，我退休了，有时间了，我就和大家一起上山种树，绿化我们的家园。"

夜深了，人们在阴湿的泥地上铺上草叶，和衣而卧。但没等大家睡熟，一阵狂风突然袭来，将帐篷刮得摇摇欲坠。呼啸的狂风中，还夹杂着远处野狗的吠叫声。

人们刚起身，帐篷就被风掀翻了。帐篷外的狂风卷起的沙土让大家无法睁眼，黑暗中看不清楚可以躲到哪里。更糟糕的是，一阵暴雨紧随其后，不仅浇灭了火塘里的火苗，还把大家淋得浑身湿透。

"到这里来！"有人找到了摞在一起的马鞍，马鞍下面还有一块空地是干燥的。十几个人挤在一起，顶着马鞍躲避了一夜。天亮以后，风雨停息了。大家准备做早饭，却发现锅不见了。他们四处寻找，找了好半天，才在很远的一条山沟里找到了被风刮跑的锅。锅里全是沙子，负责做饭的人清洗了很久才洗干净。

有人叹息着说："唉，刚上山老天爷就给我们来了一个下马威。以后不知道还会遇到什么事呢。"

看到大家情绪有些波动，杨善洲坚决地说：

"等到山绿了,风沙就会小了。栽下一棵树,山就会绿一小块,栽下几棵树,就会绿一片。我就不信这山绿不起来。"在杨善洲的鼓励下,人们砍来树枝,搭建了新的窝棚,挖出新的火塘,重新搭好帐篷,在大亮山上建立了林场的第一个落脚点。

窝棚搭好后,杨善洲把大亮山社的社长找来,开了一个小型会议。在会上,杨善洲把他们到大亮山的目的和意义讲了一遍,希望能得到大亮山社的支持。大亮山社的社长李宗清毫不迟疑地说:"老书记,你这么大年纪的人,不住城里住山里,为的是给咱老百姓造福,咱们还有什么可说的?办什么事,就老书记一句话,说什么我们都支持!"

虽然决定上山种树前杨善洲已经不止一次来过大亮山,对这里的情况非常熟悉,但他认为,每一个上山种树的人也要对大亮山有充分的了解。于是,在大家简单安顿好之后,杨善洲用了十二天的时间,带他们走遍了具备造林条件的每一个山头。

初春的大亮山乍暖还寒。白天太阳当头的时候,穿一件外衣也会热得流汗,但当太阳落山以后,空气变得湿冷,人们只能围坐在火塘边烤火驱寒。他们每到一个山头，如果有村民居住，就借住在村民家里；如果山上没人，就自己搭帐篷住。

杨善洲总是走在最前面，一边走，一边给大家介绍这里的情况。山路崎岖，道路湿滑，不时还要爬坡下坎，很多年轻人的脚都磨出了泡，但看到杨善洲一点儿也没有疲倦的样子，他们也就忍着脚上的疼痛，紧紧跟了上去。

回到住地的时候，很多人的裤脚都被路边的荆棘扯烂了，脸上、手臂上也有被树枝划破的血痕。有人被路边的旱蚂蟥叮咬了，腿上、手臂上都是鲜血。杨善洲看到了，就说："和大家到山上来造林，对我来说是自找苦吃。你们跟我上来，也要准备吃苦。"

大家互相看了看狼狈的模样，都笑了起来。有人说："只要能把林场办起来，让荒山变绿，这点苦算不了什么。"

大亮山林场的管理方式和部队很相似。早上七点起床，八点出工，十点回来吃早饭，稍事休息后继续工作，下午五点吃晚饭。如果晚饭后时间还早，就在住地附近再干一会儿活。

每当夜幕降临，大亮山的温度就急剧下降。为了取暖，他们在帐篷外挖了一个大火塘，围坐在火塘边喝茶聊天，等身体暖和后再回帐篷睡觉。为了避免火灾，人们砍来四根碗口粗细的树干插在火塘边，又用手指粗细的枝条编成四面半人高的篱笆墙，只留一个出入口。用这样的方式烤火，常常是前面烤暖和了，而后背还是冷冰冰的。

杨善洲住不惯帐篷，他觉得在里面很憋闷，于是就找人帮忙搭建了一个"人"字形的三角窝棚。这个外大里小的窝棚被杨善洲取名为"狗向火"，也就是狗烤火的意思。

大家喜欢晚饭后围在火塘边，一边喝烤茶，一边商量工作。

"老书记，您来烤茶。"大家会把装好茶叶的小陶罐递给杨善洲。他们知道，杨善洲的烤茶技艺高超，一般的茶叶经过他的烤制，也能散发出醇香的味道。

杨善洲也不推辞，他接过放了茶叶的小陶罐，一边慢慢在火塘上轻轻转动，一边和大家说着山里的趣闻、林场的工作。等到罐里的茶叶烤得焦黄，

安营扎寨大亮山 93

散发出焦干的香味，茶壶里的水也沸腾起来了。杨善洲提起茶壶，往陶罐里注满开水。烤干的茶叶发出刺啦刺啦的声响，许多泡沫混合着茶香浮动起来，窝棚里就充满了茶叶的香味。

在大亮山种树的人们的很多个夜晚都是这样度过的。杨善洲很享受这样的生活，他常常乐呵呵地说："白天造林，晚上烤火，也是一种很好的生活方式嘛！"

每天晚上大家走后，杨善洲还要借着马灯昏暗的灯光，看一看从山下带来的报纸和书籍，写下对林场未来发展的思考。林场的人都知道，他窝棚里的灯通常是最后熄灭的。

油毛毡棚里的火塘会议

人们喜欢赞美春天,在很多人的眼里,春天是欣欣向荣的,春天是姹紫嫣红的,春天是鸟语花香的……而大亮山的春天则是另一番景象。

因为植被破坏严重,大亮山的很多山头已经成了不毛之地。当地有一首歌谣是这样的:"大亮山,不长毛,娃娃放牛这山包,娘叫回家那山包。"

春天的大亮山风沙很大,只要一起风,到处都是黄沙。即使是晴好的天气,风沙大时,太阳看上去也像是被蒙了一层纱,没有了往日的光彩。有时,夜里一场大风过后,清晨能看到被子上积着一层黄土,倒扣的碗底上也落满了灰尘。

由于场部四周没有树能挡风,大风把帐篷掀翻的事情时有发生。有几次，大风甚至把帐篷里的锅碗瓢盆和一些衣物都刮走了。杨善洲只好带着人到山洼里去找回被刮走的物品。大家都期盼着春天快过去，这样风沙还能小一些。

夏天转眼就到了。风虽然小了一些，但雨水却多了起来。

人们说大亮山是"半年雨水半年霜"，这里的雨一下就是半年。林场场部在海拔两千四百多米处，下雨的半年里，山上到处都是雾蒙蒙的。即使没下雨的时候出去，早上出门穿的衣服下午回来就湿透了。

因为资金不足，林场没有办法盖砖瓦房。大家上山几个月了还住在帐篷里。雨大的时候，帐篷外下大雨，帐篷里就下小雨，大家的被褥和衣服常常都是湿漉漉的。杨善洲的窝棚里也四处漏雨，火塘常常被雨水浇灭。

杨善洲和大家商量了一下，决定拿出七千块钱突击盖一些油毛毡棚。油毛毡不仅便宜，钉在木柱上也不容易被风刮走。他们找来碗口粗的栎树，用栎树桩做柱子，再用毛竹编的篱笆做墙壁，顶上用油毛毡覆盖。几天时间，二十五间油毛毡棚就建好了。这些房子围成一个院子，整个林场场部有了样子。此后，他们又用同样的办法建了十五间这样的房屋。

这些油毛毡棚的布局是杨善洲设计的。推开用树棍和竹片编成的门扇，屋子中央是一个挂着三角铁架的火塘，左边的墙上挂工具和雨具，右边放床。生活在大亮山的人们都知道，火塘是屋子里最重要的设施。火塘不仅能在冬天让屋里更暖和些，也能在夏天驱赶寒气。大亮山林场的人们后来养成了一个习惯，每天离开屋子时和睡觉前，都用热灰捂在火塘里的火炭上保护火种。劳动回来进门后，扒开捂在火炭上的灰，再放上几块碎柴把火引燃，就能烘烤衣服或是烧水煮茶了。

有了房子，还必须有家具。林场的经费紧张，即使能够拨出钱买家具，但要从山下三十多公里的地方用马把家具驮上来也不现实。杨善洲于是鼓励大家自己动手，就地取材做家具。

杨善洲从山下找来刨子、锯子和凿子等木工工具。他率先拿起工具，带着大家开始做家具。他们将木头用锯子锯开，用刨子刨平，再锯成木板、木棍，硬是自己做出了床、办公桌、饭桌、椅子和凳子。几天以后，大家都用上了自己做的家具，为林场省了一笔置办家具的钱。

油毛毡棚虽然不漏雨了，但墙壁四面透风。天气冷的时候，第二天醒来头发都是直立着的，像是喷了发胶；脸被冻得发木，要搓一搓才有知觉。大家只好又买来一些油毛毡，在竹编的墙壁上蒙了一层，才勉强挡住了山风。

空气湿度大，加上屋子里常年湿漉漉的，杨善洲患上了严重的风湿病和支气管炎。每到夜深人静的时候，他的油毛毡棚里总会传来阵阵咳嗽声。大家起初还劝他去看病，但杨善洲总是摆摆手，拿出几片药吃下去，笑着说："老毛病了，吃点药就行，不用去找医生。"

杨善洲出门的时候经常会带一个小背篓，随手捡一些小块的柴火放在里面。每天晚上到他屋里的人多，火塘不能熄灭啊。大亮山的雨季虽然寒气逼人，但坐在火塘边的人们身上和心里都是暖和的。

不管油毛毡棚外的风雨怎样肆虐，坐在火塘边的人们都从容地商议着第二天的工作。他们把晚上在火塘边的讨论统称为"火塘会议"，林场很多重要的事项都是在这里决定的。

杨善洲经常一边为大家烤茶，倒茶水，一边安排第二天的工作。他在领导岗位上工作了几十年，对大亮山的规划和发展胸有成竹。就是在这样的"火塘会议"上，他一次次对大家提出的问题进行解答，和大家一起想办法让林场朝着更好的方向发展。

住房问题暂时解决了，但林场要长期发展，不能让林场职工一直住在油毛毡棚里。杨善洲多方筹集资金，终于在一九九二年的时候盖起了几间砖瓦房。

林场的职工一致认为，杨善洲最辛苦，他应当第一个去住新房子，但令他们没想到的是，杨善洲坚决地拒绝了。人们来到杨善洲住的油毛毡棚前，想要劝说他。

有的人说："老书记，您的年纪最大，身体也不好，应该去住新房子。"

有的人说："老书记，您的棚子已经破了，上面漏雨，下面漏风，您这样受苦受累我们于心不忍，快搬到新房子去吧。"

不管大家怎么说，杨善洲都笑着摇头："你们住吧，我一个老头子，住那么好的房子干什么？我有一个窝就行了。"

杨善洲在这个四面漏风、屋顶有窟窿的油毛毡棚里一住就是九年。这个棚子时常都在修修补补，人住在里面夏天潮湿，冬天寒冷，被子一年四季都是潮湿的。棚子里只有几件简单的东西，火塘边的两个锅是杨善洲用来烧水和熬药的；简易的小桌上有四个小碗，既用来吃饭也用来喝水；墙角放着雨伞、蓑衣、马灯和一些工具；床头挂着水准仪、草帽、手套、袖套、围腰等物品，床脚下只有一双黄胶鞋、一双翻皮皮鞋、一双拖鞋；墙壁上挂着两块用旧的毛巾——这就是杨善洲全部的家当。直到林场后来又盖了房子，所有人都搬到砖瓦房去后，杨善洲才最后一个搬了家。

很多年以后，林场职工说起这件事依然很感动。在大家眼里，杨善洲是一个无私的人，在他心里，关心别人比关心自己和家人更重要。林场职工段青说:"老书记就是这样一个人,他把心掏给我们,用实际行动温暖、感动了身边的每一个人。我们从心里爱他、敬他。"

捡果核的人

一年之计在于春。春天是万物萌发的季节,自然也是种树最好的季节。

大亮山林场计划当年种树一万棵,每年造林一万亩,争取三年时间把林场全部绿化完。如果能抢在春季把树苗种下去,成活率自然会提高很多。

种树先要有树苗,于是采购树苗成了林场的头等大事。为了找到树苗,杨善洲经常到有苗木的州县去。施甸县附近的芒市、昌宁、腾冲、龙陵等县他都去过。每次听到哪里有树苗,他就会赶过去,买到树苗后尽快运回大亮山。

有一次,杨善洲听说龙陵有一批树苗,他便乘车赶了过去。但当他来到龙陵时,那批树苗已经卖完了。听人说昌宁还有树苗，他便马不停蹄地又赶到了昌宁。在昌宁买到树苗时已经是下午四点了，这个时间如果回大亮山的话，要半夜才能到达。

杨善洲毫不犹豫地叫来孙子，让他陪自己一起把树苗送到山上。

孙子觉得爷爷年纪大，晚上走山路有危险，就劝他第二天再走。

但杨善洲不同意，他说："如果我们连夜把树苗送到山上，明天一早就可以栽种。要是耽误一夜，明天种不了，就又耽误了一天。如果明天能种下去，树苗能种活的机会就大啊。"

孙子听了不再反驳，主动去找来马匹，帮杨善洲把树苗驮在马背上。天黑了，两个人举着手电筒走上了山路。崎岖的山路白天走起来都很艰难，夜晚就更不容易了。手电筒的光束落在地上，只有一团小小的光斑。他们只能一边摸索一边走。

孙子抱怨道："手电筒虽然方便，但不如火把能照得远。"

杨善洲回答说："在山林里用火把容易引发火灾。每种东西都有自己的作用，物尽其用就好。"

两个人赶着马，有一搭没一搭地说着话，终于在半夜三点的时候赶到了林场住地。

有人在睡梦中听到外面有马蹄声，连忙开门查看，只见风尘仆仆的杨善洲祖孙俩正从马背上往下搬树苗，便急忙叫醒大家一起来帮忙。

树苗都放好后，有人对满身泥水的杨善洲说："老书记，您这一趟上百公里路呢，太辛苦了。明天我们上山种树，您就在家休息吧。"

杨善洲不置可否地笑了笑，带着孙子回窝棚去了。

第二天太阳升起时，杨善洲和往常一样走出窝棚，扛着锄头和大家一起到山上种树去了。

林场的经费有限，常常捉襟见肘，连买树苗的钱也不能保证。一次，杨善洲到保山开会。路过一个水果摊的时候，发现地上有很多人们吃完后扔掉的果核。他的眼睛一亮，想到了一个好办法：如果把这些果核捡回去育苗，不就省掉了一大笔买树苗的钱吗？

杨善洲这样想着，下意识地捡起了一个别人扔掉的芒果核。他把果核带回去后放在培养袋中，一周后,这个果核上长出了一个嫩嫩的芽尖,像是一个嫩绿的小拳头。几周以后,这株芒果树苗长出了绛紫色的叶片,完全可以移栽到地上去了。

有了第一次的成功,杨善洲再进城的时候就会准备一个袋子,看到路边有别人扔掉的果核就捡起来放进去。有时,他甚至会去水果摊旁边的垃圾桶里翻找,以获取更多的果核。龙眼、荔枝、芒果这样的果核可以直接育苗,苹果和梨等水果则需要先把果核上残存的果肉洗干净,晾晒干后才能放进培养袋育苗。杨善洲从不嫌麻烦,只要看到能育苗的果核他都捡起来。

杨善洲把捡到的果核拿回家,积攒多了以后带回大亮山去育苗。林场的人看到杨善洲拿出那么多果核都很惊讶。杨善洲笑着对他们说:"这都是我捡来的。捡果核不用出本钱,省一分是一分。"

这天,杨善洲又提着一袋果核回了家。二女儿看到他手里的塑料袋,不高兴地说:"阿爸,别人都在说您在街上到处捡果核,原本我还不相信,原来真是这样啊。您那么大年纪了,还做过地委书记,拎着塑料袋在街上捡果核实在是丢人。知道吗？有人说您是脑子有问题……"

女儿本想劝杨善洲不要再捡果核，谁知杨善洲说："我这么弯弯腰，林场就有苗育了。等果子成熟了，我就光彩了！不要想着自己做过地委书记，就无所谓了。"

女儿争辩说："您不想难道就不是了吗？您原本就是地委书记，每天在大街上捡男女老少丢掉的果核，一点儿面子也没有！"

杨善洲立刻沉下脸反驳道："面子，面子！人都是自己把自己当回事，放不下！街上那么多人，自己不说，哪个人又知道你曾经是地委书记！不要老想着你们的父亲是个地委书记，我就是一个普通人。如果感觉我丢面子了，以后不要说我是你们的父亲！"

女儿听了以后，流着泪说："阿爸，我错了……"以后的很多年，杨善洲的女儿无论是上学还是工作，都会帮助父亲收集果核。

保山每年端阳节有赶花街的传统。这个传统起源于清朝，这一天，十里八乡的人都汇聚到保山城里，街上到处是鲜花、药材和其他土特产，人们在街上看花、交易,热闹非凡。过节的时候街上人多,丢弃的果核也就多。杨善洲就不仅自己捡,还动员林场的职工都去捡。有些职工起初不愿意,但看到杨善洲毫无怨言地捡,也就跟着捡了起来。

一天,杨善洲正在街上捡果核,因为一直弓着腰专注地看着地面,没有注意到前面有人过来,一不小心撞到了一个小伙子的自行车上。小伙子见是一个捡破烂的老人,破口大骂:"你瞎了眼吗?我的车坏了你赔得起吗?"

杨善洲笑呵呵地连连道歉,建议到前面去为他修理自行车。小伙子不肯去,还不依不饶地继续骂人。过路的人连忙拉住小伙子,告诉他撞了他的老人是原来的地委书记,捡果核是为了在大亮山种树。小伙子惊讶得瞪大了眼睛,不好意思地说:"这样的官,我服了。"说完,自己推着自行车走了。

杨善洲不仅捡果核,有空的时候还会去捡马粪、猪粪给树苗做底肥,或者捡别人扔掉的纸杯和方便面桶做树苗培养袋。人们常常能看到,杨善洲像一个普通农民一样,背着粪箕在附近的村庄里捡拾动物粪便，晴天一身土，雨天一身泥。只要能为林场省下一分钱，杨善洲就会做很多别人不愿意做的事。

荒山的面积实在太大，大得让人有时心里发慌，什么时候才能把树全都种上呢？杨善洲安慰大家："不着急。我们一棵一棵栽，一片一片栽，一年不行，两年，十年八年总栽得完。我死了还没栽完，你们就接着栽。五十年，一百年，总够了吧？"

杨善洲的六件宝

杨善洲在担任地委书记时，总随身带着六件宝。

杨善洲乘坐的汽车后备厢里，常常放着这六件东西：一件棕蓑衣，一双塑料凉鞋，一顶竹叶帽，一把锄头，一把嫁接刀，一根一米长的木棍。有人把前面三件东西称为"老三件"，后面的三件东西称为"新三件"，加起来一共是六件。这六件宝贝陪着他走村串寨，走遍了保山的很多村寨。

杨善洲的工作准则是："带领群众干，做给群众看，不高高在上瞎指挥，群众才会服你。"每次到乡下，他都要身体力行地和农民一起干活。而有了这六件宝，干起活来也才得心应手。

有一年夏天，施甸县的水稻遭受了严重的虫害。这种虫被老百姓称为行军虫，它们成群结队，浩浩荡荡，吃完一块田里的水稻，马上集体转移到下一块田里，上下颚飞快地张合着，很快就把稻谷吃光了。

起初，庄稼人对着虫子喷洒农药，但虫子的数量太多，农药很快就用完了。人们只能站在田埂上，听着行军虫咔嚓咔嚓地吃着稻谷，却一点儿办法也没有。正当所有人束手无策的时候，杨善洲带着县里的技术人员来了。

技术人员先让大家把稻田里的水放满，然后在田里东一点儿西一点儿地倒了一些菜油。菜油迅速在水里散开来，但这样做有什么用呢？大家你看看我，我看看你，眼神里充满了疑惑。

技术人员走下水田，用一根小木棍在稻谷上敲了敲，上面的虫子被敲落到水里。只见虫子落到有油渍的水面后，油很快就粘在了虫子身上，不一会儿，这些虫子就肚皮朝天地死了。技术人员解释说："这是因为油堵塞了虫子的气孔，虫子呼吸不了，就窒息死亡了。"

"不用农药也可以杀虫！"人们奔走相告，迅速地用这个方法去杀虫。杨善洲也带着他的六件宝加入了灭虫的大军中。

杨善洲常常穿着草鞋，披着蓑衣，戴着竹叶帽到村镇里去。这一天，他来到施甸县姚关公社。

这天清晨，天空很晴朗，瓦蓝的空中飘着几朵白云。杨善洲戴着竹叶帽走在田埂上。姚关的粮食产量一直很低，这里的土地一半是"风吹遍地跑，下雨顺水漂"的香面土，另一半是"天晴一把刀，下雨一包糟"的白胶泥。这样的土地缺少肥力，种什么都无法取得好的收成。

他和庄稼人正在田埂边商量怎么提高粮食产量时，一阵大风刮过，细细的土粒漫天飞舞，天空顿时变得灰蒙蒙的。大家都捂住口鼻，找地方躲避。没等他们找到合适的地方，突然下起了大雨。几个人只好赶快往前跑。

地上的白胶泥又黏又滑，好几个人的鞋陷在泥里，用力拔才能拔出来。有个人用力过猛，身子向后一仰，居然掉进路边的荷塘里去了。

大家连忙过去把他拉起来，人虽然没有受伤，但身上全是乌黑的淤泥。杨善洲若有所思地用六件宝中的木棍往荷塘里插了插，拿出来仔细看了看，眼前突然一亮，他想到了一个大胆的办法。

荷塘里的淤泥有很好的肥力。姚关公社有很多荷塘，用这些荷塘里的淤泥铺在原来的香面土和白胶泥上面，土壤的肥力不就可以提高很多了吗？

这个冬天，农闲的人们在杨善洲的带领下，把几个大的荷塘的水抽干，把荷塘里的淤泥晒干、打碎后挑到地里，铺在原来的泥地上。经过几年的改造后，原来的土壤得到了较大的改善，粮食作物的产量也提高了很多。

来到大亮山之后，杨善洲依然没有改变原来的工作方法。他依然每天和大家一起劳动。

大亮山前期的育苗工作结束后，繁重的移栽工作开始了。虽然从周边的村寨里请了大量的临时工，但林场的每个人还是每天都扛着锄头去种树。杨善洲也一次不落地早早地扛着锄头跟大家一起上山。

职工们劝杨善洲："老书记，山高路陡，您年纪大，身体也不好，就不要去了吧。"

杨善洲笑着拍拍口袋说："没关系，我有六件宝呢。"

大亮山林场的人都知道，来到大亮山以后，原来的六件宝发生了变化。现在的六件宝是：蓑衣、竹叶帽、砍刀、收音机、嫁接刀和常备药品，这六件东西是他在山里必备的物品。山里经常下雨，蓑衣和竹叶帽可以遮风挡雨；砍刀和嫁接刀是开路和修剪树枝的常用工具；收音机能随时收听到新闻，掌握时事动态；而常备药品则可以缓解身体的不适。

在山上挖坑种树和平地不一样。很多树坑都在斜坡上，挖一个坑花费的力气比平地挖坑要多。长时间紧握锄头和铁锹，大家的手都磨破了。

杨善洲也不例外，他的十个手指头常常磨破。每次他都用胶布紧紧缠住伤口，然后继续干活。大家看到他手上的胶布，问他要不要休息一下再干。杨善洲乐呵呵地说："没关系的，年轻人学着点，如果手弄伤了，只要裹上胶布，再用锄头和砍刀时就不会震开伤口，手上就不会流血了。"

有人劝杨善洲："过去苦够了，退休后在机关

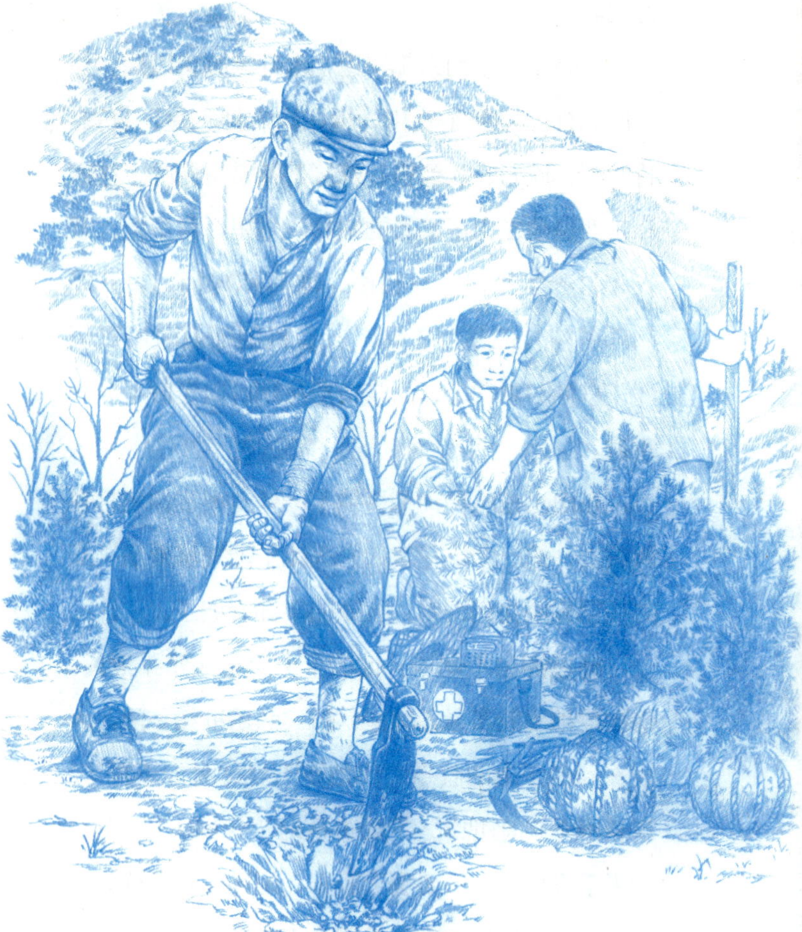

活动活动,好好休息几年。与其到山上种树,不如回家养猪。"杨善洲回答道:"我选定上山造林,是一种寄托。是想把主要精力集中到一项事业上,使晚年生活更加轻松愉快、踏实些。入党时我们都向党宣过誓,干革命要干到脚直眼闭,现在任务还没有完成,我怎么能歇下来?"

大山上的摘星人

第一批树苗种下去了。

第一个育林一万亩的目标达到了。

第一年种一万棵树的目标超额完成了,共植树一万二千棵。

……

短短两年时间,杨善洲带着十几个人在大亮山创造了很多个第一,但他并不满足。白天,他走遍林场的各个角落和周围的村寨,熟悉林场的基本情况;夜晚,他就在煤油灯下翻看资料和笔记,认真思考林场的发展和规划。

林场需要的物资都是用人背马驮的方式运到山上来的,每次上山都要走上大半天才能到达住地。

杨善洲虽然年纪较大,但依然和大家干一样的活。他常常一边赶着马,一边挑着担子上山。

如果只是为林场运送物资修一条路,杨善洲可能还会再等一等,等到林场有了更充裕的资金的时候再考虑。但有一次到附近寨子调研的时候杨善洲发现,因为交通不便,附近村子里的农民难以将自己的农产品运送出去销售,他们只能眼看着自己种出的优质蔬菜烂在地里,却一点儿办法也没有。

还有一次,杨善洲在山路上遇到一群村民,他们正赶着马往山下走。杨善洲认出他们是附近大地山村的村民,就和他们攀谈起来。

杨善洲说:"这些马走得很慢,看起来驮的东西不轻啊。"

一个村民说:"马驮的是苞谷。山上没有电,我们要到山下的摆田村去磨面。"

杨善洲问:"今天去,明天就能回来了吧?"

村民摇摇头说:"哪里有那么快?去摆田磨面的人很多,还要等上一天。"

看着村民们走远的背影,杨善洲的心里很不是滋味。村民们祖祖辈辈吃的都是苞谷,新中国成立这么多年了，磨面却还是个大问题。一来一去两天，在那里等一天，磨一次面就要耽误三天时间，如果山上有电，有公路，他们就不用花费那么多时间和精力了。

杨善洲和林场的场长自学洪谈到了这个问题。自学洪也有同样的想法，他提到另一个村子也有类似的情况。

那个村子也在大亮山上，村民的主要经济收入是烧炭和砍柴。他们把柴用马驮到摆田村后，就放在路边卖。摆田村的柴火市场和别的地方不一样，买卖柴火不是称重，也不是按捆计算，而是将柴码在路边后，以一个成年人张开双臂的长度为单位来算，老百姓叫这个为"一掰"。一掰柴要三四个人才能搬运到摆田，可以卖十五块钱。但有时候没人买柴，他们就要一直等在那里，几天时间就这样耽误了。

两个人商量了一下，杨善洲决定修一条公路。虽然他们知道，大亮山周围都是大山，修这条公路的难度不低，而且林场现在也没有这笔资金，但杨善洲打定主意要做这件事，他马上行动起来。杨善洲先到省里和市里筹集到了一些资金，但这些资金对于修一条公路来说只是杯水车薪。是继续等待，还是自己想办法解决问题？杨善洲毫不犹豫地选择了后者。

杨善洲认真地做了一笔预算，修路首先要请人勘测设计，然后要投入大量的人力开挖道路，还需要充足的石料等材料。仅勘测就要花一大笔钱，这让杨善洲皱起了眉头。

经过仔细思考，杨善洲决定，自己来做这个勘测工作。他买来水平仪，又请了两个工人，再加上自学洪找来的几个人，大家每天背着干粮出去测量。杨善洲起早贪黑，在几十公里长的山路上走来走去，反复测量，认真记录下一个个数据，画了一张张图纸。

那段时间，经过这条山路的人都能看到杨善洲的身影，人们记不清杨善洲在这条路上跑了多少次。他和大家开玩笑说，这条路上哪里有个坑，哪里有块石头他都知道。经过这样仔细的勘测和计算后，杨善洲画出了公路的设计草图。

有了勘测数据，杨善洲就准备开工修路了。在他的动员下，周围村寨的很多人都带着工具来到筑路工地义务修路，热火朝天地干了起来。

杨善洲回到保山，花八千块钱买了一台别人闲置的推土机，并让一个林场职工学会了开这台机器。施工难度大的地方就用推土机，容易的地方就用人工开挖。因为原来做过石匠，杨善洲对砌路非常在行，他带上工具和人们一起选石头、砌石头。他手把手地培训，让大家很快就掌握了砌石头的要领，有效地加快了工程进度。杨善洲不仅和大家一起劳动，很多时候别人都休息了，他还在埋头选石头。

一条十八公里长的弹石路很快修好了。人们惊讶地发现，这条公路的造价每公里只花了不到一万元。有人说，只有杨善洲能用这样的造价修出这样的公路。

公路修通后，周围村寨的村民纷纷赶来庆贺。他们知道，有了这条路，他们与外部世界就有了更多的联系；有了这条路，他们就有了更多致富的机会。

果然像杨善洲预料的那样，公路通了以后，当地的蔬菜水果越来越多地运出去了,农民的收入得到了提高;一掰柴的价格也一路走高,最高的时候达到八十五块钱一掰。

杨善洲做地委书记的时候走遍了保山的山山水水,来到大亮山后,他依然没有改变这个习惯,有空的时候就到周围的村寨去走访调研。

有一次,杨善洲来到一个叫芭蕉林村的彝族山村。这个村子没有通电,村民们用煤油灯照明,碾米磨面要到十多公里以外有电的村镇去。

芭蕉林村流传着一个笑话:有个村民去赶集的时候,看到街上店铺里的电灯很亮,就花一块钱买了一个灯泡,回家后拿绳子拴上,挂了起来。等到天黑的时候灯泡没亮,他才知道如果没有电,灯泡挂起来是不会亮的。

当村民们笑得前仰后合地讲这个笑话的时候,杨善洲没有笑,他的心里很难过。即使在大亮山上种满了树,如果这些村民的生活没有得到改善,那又有什么意义呢?没有路,没有电,村民们的生活依然得不到根本性的改变。

尽管林场的经费很有限,但杨善洲还是下定了决心，他要让最边远、最贫困的几个村子先通电。

几天后，杨善洲带人到保山买来电线和设备，开始为芭蕉林村架设电线。村民们得知消息后，奔走相告，高兴地围住林场的工人："需要我们做什么，我们就做什么！"

从勘察线路到拉电杆、架电线，杨善洲每个环节都严格把关。村民们积极配合，和林场的工人一起架通了电线。

一九九二年七月二日，芭蕉林村成了大亮山方圆几十里第一个通电的村子。通电的那天，村民们高兴得杀了一头羊送到林场，和林场的职工一起庆祝这个特别的日子。

那个村民买来的灯泡终于亮了，他站在屋子里，看着明亮的灯光，高兴地搓着手不知道该说什么。大家在林场庆祝通电的时候，他举着酒碗走到杨善洲面前，想说一句感谢的话，却又不知道怎么开口。最后，他干脆把手里的酒碗向前举了举，一口将碗里的酒全喝了下去。这天晚上，他喝醉了。人们把他扶回家的时候，他坐在电灯下，只会一个劲儿地傻笑。

在这之后,杨善洲又为好几个村子架设了电线,为他们送去了光明。几年以后,林场的公路连通了附近的村子,电线也架设到了周边的村子,形成了一个小电网。村民们感动地说:"老书记就是大亮山上的摘星人。有了他,寨子里的夜晚才明亮起来。"

杨善洲不仅为大亮山的村民带去了光明,他还为十几个村子解决了吃水的问题。

大亮山的生态遭到严重破坏后,原来山林间的泉眼和沟渠很多都干涸了。有的地方严重缺水,村民们每天的饮用水和生活用水都要到十里以外的地方去取。因为水太宝贵,人们舍不得多用,常常是一盆水早上用来洗脸,晚上用来洗脚,最后还要喂猪或是浇菜地,一滴也不敢浪费。在这些村子里,可以跟人借钱借物,但就是不能借水。

二十世纪八十年代,一些村寨甚至因缺水而形成了一个新的民俗:村里有人家办红白喜事,去做客的人要送一份特殊的礼物,那就是一桶水。主人家要把这桶水记在一本专门的"水簿"上,等送水的人家请客的时候,足额归还"水账"。

杨善洲还没有到大亮山种树的时候，就了解过山上的龙潭寨严重缺水的状况。几次调研后，他建议修建水窖来解决村民饮水难的问题。杨善洲不仅帮助村里申请资金，还到外地请来有经验的师傅，为这个村子修建了六个小水窖。

自从大亮山的林场建成之后，周围的生态环境慢慢发生了变化。刮风的时候山上不再风沙弥漫，下雨的时候山下不再到处泥泞。尤其令人惊喜的是，断水多年的溪流又恢复了，山谷里有了清澈的流水。

看到山下水源地有了清水，杨善洲马上带着龙潭寨的村民架起水管，把泉水引进了家家户户，原来建好的水窖就用来储存农业用水。祖祖辈辈缺水的日子改变了，生活变得滋润起来，村民们从心底里感谢杨善洲。当人们握住他的手，反复说着感谢的话时，杨善洲淡淡地说："我上山种树尽的是一个共产党员的义务和责任，图的是家乡变绿、百姓得利、国家受益。"

村民们再也不为吃水发愁，也意识到了保护森林的重要性。今天到大亮山林场去，常常能看到周围群众自发地在林间修剪树枝、养护树苗。他们知道，正是因为这些树，才让他们有了洁净的饮用水，也才有水浇灌土地。

让当地群众最真切地感受到植树造林好处的是二〇一〇年。那一年的春夏时节，云南省大部分地区遭遇了百年一遇的大旱。长达半年的干旱让很多地方河水断流、池塘干涸，人和牲畜的饮水都很困难，大量的牲畜没有水喝，只好卖到别的地方或杀掉。有的地方种不了地，只能靠救济粮度日。

但大亮山却是一个例外，林场周边的上百个村庄没有一个村饮水困难，就连原来缺水的村子也有水。森林为大亮山减少了水土流失，涵养了水源，就连易发生干涸的酒房乡的白石头水库在大旱之年也一直波光粼粼。

在杨善洲的带领下，林场共为周边的村寨架设水管三十二条，全长三万多米，有三个乡，八个行政村、四十八个自然村从中受益。

苦干还要巧干

每天早晨,杨善洲总是很早就起身了。如果不急着上山干活,他就会拿起书本或是报纸开始研读。小时候在私塾养成的学习习惯让他一有空就认真学习。

林场刚建立的时候,因为缺少树苗,杨善洲把他种在家里的一些花木和盆景都移栽到了大亮山上。场部门前一棵高大的白玉兰就是那时杨善洲亲手种下的,他有空的时候就会坐在这棵树下看书。

在林场工作过的人都记得这样一个画面:春天的傍晚,白色的玉兰花正开得绚丽。一片片硕大的花瓣聚拢在一起,像是一个个盛满蜜汁的白玉杯。一个身穿蓝色中山装、脚蹬黄胶鞋的老人坐在树下看报。夕阳的余晖透过远处的丛林洒下来，给树上白色的花瓣和树下的老人涂上了一层金色的光晕。老人安详地坐着，偶尔翻一下报纸。他的脸上有岁月留下的沟壑，也有一份经历了风霜的从容。微风吹过他苍白的头发，将一片白色的花瓣刮落。花瓣慢悠悠地从树枝上掉落到地上，无声无息。

杨善洲曾说过一句话："共产党员不要躲在机关里做盆景，要到人民群众中去当雪松。"他担任领导职务时，有一半的时间是在基层调研，或是和农民一起劳动。杨善洲不怕脏，不怕累，无论农民在干什么农活，他都会积极参与。

但杨善洲干活并不是不讲方法的苦干，他特别注重政策学习和科学技术的推广。杨善洲做县委书记的时候，就在各个乡种试验田。对于林场的管理，杨善洲也没有停止过探索和思考。从到山上造林开始，他就一直在关注林业发展的相关信息。他常说的一句话是："造林也要讲科学。"

第一年的植树任务完成以后，一个严峻的问题摆在了大家面前：如何护林防火？如果只是种树，不预防火灾的话，无论种下多少棵树，一场大火可

苦干还要巧干

能就会前功尽弃。但如此大面积的森林防火，无疑是一项浩大的工程。如果按照传统的林区防火方式来操作的话，林场必须在林区挖出许多条隔离带。这些隔离带每年都要清理维护，才能达到预防火灾的要求。这样做要投入巨大的人力和物力，对于刚刚兴建的林场是不切实际的。

杨善洲经过反复思考，提出了一个方案：在隔离带上种茶树。茶树不仅能起到防火的作用，还能扩大经济林的面积。

有人提出了反对意见："隔离带就是用来防火的，上面不能种任何东西。种了茶树不就没有隔离带了吗？不行！"

杨善洲笑着解释说："茶树是常绿植物，春天萌芽。防火形势最严峻的是冬春季节，那个时候茶叶正在发芽，就算遇到大火，烧到茶树也就停止了。就算茶树被火烧焦，雨季到来时，它们又会重新发芽的。"

大家听了之后都觉得有道理，于是同意试一试。一九八九年春天，林场在原来预留的隔离带上按照茶园的种植标准，种下了七百多亩茶树，这些茶树不仅有防火的作用，还产生了一定的经济效益。

多年以后大家才知道，这个方法其实就是最先进的生物防火模式。大亮山的先进经验后来还在很多地区得到了推广和应用。

杨善洲尊重科学、相信科学，他经常向科技人员咨询相关的农业问题。林场出现新问题时，他会先向专家请教，然后再根据实际情况解决问题。

在林场建立的第四年，林场职工顺利完成了三万多亩苗木的种植。几万棵华山松在风雨中迅速成长，形成了大片的松林。林场此后的任务就是管理养护和小面积的补种，管养工作比前期的栽种工作轻松许多。正当大家想要松口气的时候，一场大规模的病虫害却席卷了林场。

仅仅几天时间，原来长势良好、郁郁葱葱的松林像是被火烧过一样，所有的针叶都不见了，树干也变得枯黄。杨善洲听到消息后，顾不得吃饭，连忙赶到松树发病的区域。他仔细查看了半天时间，什么原因也没有找到。

杨善洲找来几个当地的村民询问，这些在山里住了几十年的村民也没见过这样的情况。杨善洲当即叫上驾驶员,开车到林业局去了。

他们在林业局找到病虫害领域的专家,并连夜把专家请到了大亮山林场。专家仔细检查后告诉杨善洲,这是一种叫作华山松木蠹象的害虫,是森林的"癌症"。一旦树木感染了这种害虫,就无药可救了。

杨善洲焦急地问:"什么原因造成的?真的就无药可救了吗?"

专家耐心地解释说,蠹象的出现,是因为树种单一。山里的树木种类很多时就不会出现这样的情形,而人工造林通常会选择某一树种进行大面积种植,这样的生长环境中害虫缺少天敌,因此就会出现这种严重的虫害。

如果要杜绝这种虫害,只能在种树的时候种两个以上的品种,也就是种混交林。几种树木交叉种植,就会减少病虫害。

虽然知道了解决的方法,但如果重新改造现在种好的山林,将要投入一大笔资金。就在大家犹豫的时候,杨善洲当机立断地说:"全部改成混交林。

造林也要讲科学。科学要有投入，资金的事，你们不用担心，我去想办法。"

林场的职工看到了杨善洲的决心，他们也都毫不犹豫地选择了支持老书记的决定。

一九九九年的一天，杨善洲和往常一样，吃过早饭就带着工具上山去了。这一天，大家的工作是修剪树枝。经过几年的培训和练习，林场的职工们都能胜任这项工作，他们看到杨善洲也拿出砍刀的时候，都劝说道："老书记，您已经是七十多岁的人了，不要再自己干，就在旁边指导我们吧。"

杨善洲摇摇头说："我还可以干。等干不动的那天我就不上来了。"

大家都了解杨善洲的个性，看他执意要修剪，人们都不吭声了。

干了一个上午，闷热的天气让杨善洲有些力不从心。他想休息一下，但看到前面一棵树上的一根树枝需要砍掉，就连忙走了过去。由于只顾着看头上的树枝，杨善洲没有留神地上湿滑的青苔。他被青苔滑了一下，摔下了一个小土坎。这一摔，杨善洲的手严重划伤，左腿粉碎性骨折。

辛苦劳作了这么久的杨善洲,终于不得不暂停了自己在大亮山的工作。

躺在病床上的杨善洲有些沮丧,他看看窗外的大树,又看看自己打了石膏的腿,心想:这次可能再也不能上大亮山了。

每当有林场的人来看他,杨善洲总是详细地询问林场的情况。他想知道,刚补种的那块林子长势怎么样?他想知道,新开辟的茶园有没有种最优质的品种?他想知道,南边那块林子里的紫茎泽兰有没有清除干净?……

半年以后,杨善洲奇迹般地拄着拐杖走上了大亮山。当林场职工们看到他来时,丝毫也不觉得意外。大家知道,杨善洲只要还能站起来,就不会离开大亮山。

"尊重规律,干活身先士卒,做事讲究方式方法,苦干加巧干,虚心接受意见和建议"是杨善洲多年遵循的做事方针。也正是他身体力行地为林场职工们做出了表率,大亮山林场才能在短时间内取得如此大的成绩。

保护野生动物和树木就是保护森林

距离大亮山林场场部六公里远的地方,有一片大树杜鹃。这些大树杜鹃有一个好听的名字,叫"花中西施"。这种杜鹃花颜色鲜艳,花期长。每到春天,杜鹃花开满枝头,远远看去,就像是一片红色的云彩落在了山坡上。

住在大亮山上的村民们每天忙于生计,很少有人注意到大树杜鹃的美,但他们知道,这些大树杜鹃已有上百年的树龄,树干虽然不是很粗壮,但木质紧密,所以很多上山烧炭的人都会砍大树杜鹃去烧炭。大亮山林场建立前,大树杜鹃就已经成片成片地消失了。

林场刚建立的时候,也是一个春天。杨善洲看到这片开着红色花朵的大树杜鹃时，马上对林场的职工们说："这片杜鹃保留下来，不要砍掉。"

于是，林场的职工们绕过这些杜鹃去开辟新的苗圃了。附近的村民知道这里是林场的土地后，也不再到这里来砍树。这片大树杜鹃就这样保留了下来。

大亮山的环境一天比一天好，这片大树杜鹃也一天比一天茁壮。"花中西施"一点儿也不娇弱，有的竟然长成了六米多高、三个成年人也无法合抱的大树。那些被砍掉主干的大树杜鹃，居然从根部抽出了粗壮的枝条，一根根簇拥在一起，互相拥抱着向上生长。密密匝匝的花瓣吸引来了很多小鸟，杜鹃花林里整天鸟鸣啾啾。

因为没有人为损坏，也没有天敌，这片林子越来越大，最后竟达到了一千多亩，占领了整个山头，成了大亮山上著名的景观。走在杜鹃树下的石板路上，抬头看去，一团团火红的花簇在蓝天白云的映衬下，显得更加明媚动人。

随着大亮山林场的扩大，不仅很多植物得到了保护，许多动物也返回了大亮山。人们在密林深处看到了久违的狗熊、野猪、麂子、野鸡、灰叶猴等多种野生动物，树林里还飞来了各种各样的鸟。

看到这些变化，杨善洲感到了一丝欣慰。所有的努力都没有白费，大亮山渐渐恢复到和童年时一样了。但他也知道，这仅仅是开始，要管理好、保护好大亮山还有一条艰巨漫长的路要走。

有一次，林场的一个年轻职工到附近村民家去玩的时候，正碰上村民们进山打猎，他也就和他们一起去了。这天，他们打到了一头麂子。按照当地"见者有份"的习俗，这个年轻职工也分到了一块麂子肉。他把麂子肉拿回林场后，交给了炊事员。于是这天的晚餐加了一道菜，就是炒麂子肉。

山上买菜不容易，大家经常每顿饭只能吃一个菜，能有肉吃是一件令人高兴的事情。这天的晚饭，因为有了这道菜，大家都吃得很香。

年轻职工看杨善洲快吃完了，就走到他的身边问："老书记，今天的肉好吃吗？"

杨善洲把碗里最后的饭菜都扒进嘴里，这才说："好吃，新鲜牛肉当然好吃。"

年轻职工笑了起来："哈哈，不是新鲜牛肉，是麂子肉！"

"麂子肉？！"杨善洲瞪大眼睛，严肃地问，"哪里来的？"

年轻职工并没有察觉到杨善洲情绪的变化，还在大大咧咧地说："告诉您一个好消息，这山里有麂子。今天我和他们一起上山打到一头，见者有份，就分了一块肉回来。以后有机会，我再跟他们一起去，再弄点肉回来。"

杨善洲大声说："好！你告诉我一个好消息，那我也告诉你一个好消息。今天晚上，你要写一份检查交给我，我还要扣你一个月的工资！"

"为什么？"年轻职工不解地问。

杨善洲对正在吃饭的职工们说："今天是一个难得的机会，我们大家都吃了野生动物的肉，违犯了国家的野生动物保护法。我也吃了，首先要做自我批评。我希望从今天开始，我们林场的职工，不参加任何打猎活动，不吃任何野生动物。如果谁参与了、吃了，还要加重处罚，决不姑息！"

职工们都用力点点头，年轻职工低着头说："老书记，我错了。以后再也不会发生这样的事了。"

  从那以后，林场职工去巡视山林的时候，不再带火药枪，大家只带砍刀、拄棍和对讲机。砍刀可以用于开路，修整树枝；拄棍可以在难走的路上支撑一下；对讲机可以随时沟通信息。不久以后，林场职工们都自觉地把自己的火药枪交给了公安机关，他们再也没有参与过打猎。

自古忠孝难两全

大亮山林场的职工都知道，杨善洲是个大孝子，他也常鼓励别人孝顺父母。只要有工人因为老人病重请假，杨善洲总是催促他们赶快回去。杨善洲规定："林场职工只要是父母家人病了，就一定要回去照看。等老人好得差不多了再回来上班。"

杨善洲的父亲很早就去世了，家里家外的事全靠母亲一个人。母亲为一家人辛苦劳作，让杨善洲从心底里敬佩她，他一直对母亲很孝顺。尽管参加工作后很少回家，但不管怎么忙，他心里都惦记着母亲。他知道母亲喜欢吃甜食，每次回家都要买水果糖或者冰糖给她，不能回去的时候就托人带。每年冬季如果有机会回家，杨善洲都会买一包补药，亲自熬给母亲喝。

有时候下乡调研恰好从家门前经过,杨善洲会进去陪母亲坐一会儿。如果没来得及买东西,他会掏出五十元或一百元给女儿,让她们给奶奶买点喜欢吃的东西。

一九九〇年春节过后,杨善洲回家休息了几天。那天,他正准备返回林场,突然发现母亲走路摇摇晃晃,好几次竟险些跌倒。他连忙放下行李,出去叫来了医生。当天晚上,杨善洲在母亲的屋里搭了一张临时的小床,整夜守在母亲身边。

一连九天,杨善洲每天都在母亲床前守着,一会儿给母亲端茶倒水,一会儿跟母亲说话。但不幸的事情还是发生了,母亲没有逃过这一劫,最终还是抛下守在床边的儿子走了。这是杨善洲在家里住得最长的一次,看着在自己怀里去世的母亲,杨善洲满怀内疚。他抱着母亲失声痛哭:"娘,不是儿子心肠硬,只因为您儿子是人民的干部。"

按照村里的规矩,杨善洲母亲是高寿去世,要请先生、扎纸火、玩狮子,还要摆酒席。但杨善洲告诉大家,母亲的丧事一切从简,不请先生,也不扎纸火。他对女儿们解释说:"你们看,你妈妈把奶奶照顾得那么好,还要那些不切实际的东西做什么呢?"

母亲出殡那天,杨善洲请人扎了一个小小的花圈。这个花圈只是在一个竹圈上缠了一圈白纸,虽然简单,但却寄托了全家人对老人的无限思念。

对于家人,杨善洲充满歉疚。他在一次讲话时说:"我出来工作时家有老母亲、老伴,后来有三个娃娃,就靠老伴在家养老供小,一家人沉重的担子由老伴一个人挑起,我根本无法照顾老小……如果没有老伴把家庭重担挑起,我就无法工作……"

但杨善洲对家人的要求一向都很严格。他从没让家人免费搭过一次公家的车,从没用手里的公权为亲属办过一件私事,更没给亲友批过一张违背原则的条子。他常说:"我手中是有权,但它只能老老实实用来办公事,在我这里没有'后门'这回事。"

大女儿杨惠菊小学没毕业就在家务农,结婚的时候杨善洲没有出席婚礼。婚礼结束几天后,惠菊才收到父亲托人带来的一封信和三十元钱。杨善洲在信中说:"阿菊,爹不能回来了,你结婚一定要从俭,不能收礼,把家里头的人叫在一起吃顿便饭就行……"

二女儿杨惠兰高中毕业后没有考上理想的学校,只能在摆马小学代课。她曾希望父亲帮忙给她找个好工作,但杨善洲告诉她,打铁要靠自身硬,她要靠自己的努力才行。一年后,惠兰终于通过考试转正成了一名小学教师。惠兰结婚的时候,杨善洲也没能到场,但他一直记挂着这个女儿。惠兰生下孩子后,杨善洲曾去看过她。看到女儿用纸箱装小孩的尿布、衣服时,杨善洲掏出一百元,让她去做个衣柜。这个黄色的木质衣柜杨惠兰用了二十多年,虽然款式已经陈旧了,但她一直没舍得扔。在女儿的心里,这个柜子承载的是父亲沉甸甸的爱。

三女儿杨惠琴结婚的时候,杨善洲也说:"不准扎花车,找个便宜的饭馆请几桌客就行,不该请的就不要请。"

结婚那天,杨善洲参加了婚礼。虽然他只是穿着平时穿的褪了色的中山装,默默地坐在桌边吃饭,但杨惠琴却别提多高兴了,因为比起两个姐姐，她已经幸运多了。

杨善洲上山种树的时候，孙子杨福李也跟着他来到了大亮山，承包了一片茶园，签订了五年的合同。

山上的生活很艰苦，而且干了几年也没挣到钱。杨福李听说到越南去打工可以多挣些钱，于是就想提前解除合同离开林场。杨善洲并没有因为他是自己的孙子就网开一面，而是让他按照合同要求，付了三百元的违约金后才让他离开。大家都觉得杨善洲太过严厉，但他说："有规矩就要按照规矩办。"

每当有人说杨善洲不关心家人，不是一个好父亲、好丈夫的时候，女儿们都会站出来说："你们不了解我爸爸。其实他不是不顾家，不是不疼我们，他其实是非常非常细心的一个好父亲。父亲也很爱母亲，只是他的世界太大，他要做的事情太多。如今，只要想起爸爸，浮现在眼前的，就是矗立在他埋骨之地的那棵参天大树，他虽然没有弯下腰，把妈妈和我们姐妹护卫在怀抱里，但是他张开双臂，为老百姓遮风挡雨了一辈子。"

义务植树人

时间流逝，山坡上最早种下的华山松已经长高了。有风的时候，成片的松林在风中轻轻摇摆着，发出阵阵浪花翻腾般的响声。

杨善洲喜欢在山上的林子里走走，他仔细捕捉着树叶落地时轻微的响动，贪婪地闻着树叶和树脂的清香。在他的眼里，风中摇晃的枝叶就像在舞蹈；在他的耳畔，针叶相互摩擦发出沙沙声，仿佛大树在快乐地低语。

但在大亮山林场建起来前，大亮山上的村民介绍自己时，却经常开这样的玩笑："我是大亮山来的，冬天是团长，夏天是县长。"

"团长"的意思是冬天太冷，只能抱成一团烤火;"县长"的意思则是夏天雨水多,山上到处都是烂泥,一脚踩下去,脚就"陷"在了烂泥里。在如此艰苦的环境中植树造林,很多人都认为杨善洲是去捞钱的。他们说:"几万亩森林成材后,他一年可以分红几万元。"

杨善洲没有反驳,而是用自己的实际行动做出了回答。二〇〇九年四月,杨善洲把他带领大家用二十多年时间绿化的五万六千亩林场无偿地移交给了施甸县林业局。

有人算过一笔账:大亮山林场建场以来,累计投入只有一千一百万元,而如果现在要建一个这样的林场,至少需要上亿元的投入。大亮山林场场长自学洪曾说:"如果不是善洲老书记二十多年如一日的坚持,不是善洲老书记把自己的工资都往里贴,大亮山根本就不可能绿起来。"在林场工作的二十二年中,杨善洲没有领过林场的工资,每个月只领取七十元的生活补贴(这项补贴后来涨到一百元)。每次出差都是自掏腰包,没有报销过一张发票,其他的钱也没拿过一分。

很多人都不理解杨善洲的做法。有人跑去问

杨善洲："金融部门对大亮山林场的活立木估价有三亿多元，这么大一笔财富您就无偿移交给政府了？"

杨善洲的回答很朴实："千万不要把这么一大笔财富归到我一个人头上，它从一开始就是国家和群众的，我只是代表他们在植树造林。实在干不动了，我只好物归原主。"

"您办林场期间应该从上级部门争取到不少资金扶持，有不少提成吧？"来人追问道。

杨善洲坦然地说："办林场期间我一共争取到上级有关部门资助三百万元。按当时的规定，引进资金可以提取百分之五到百分之十，可以得到三十万元，买幢房子不成问题。但我没有要，为什么？我认为共产党员拿着工资是为人民服务的，去上面要钱，到外面引资金，是自己工作范围内的事。再说，要来的钱、引进的资金，那是国家的钱、别人的钱，人家给你是让你造林用的，你咋好意思提成，挪用到自己身上？"

二〇〇八年，当施甸县委决定奖励杨善洲十万元钱时，他当场拒绝了，他的理由是："造林不是为自己，是为群众，我一分也不要。我就是个义务植树人。"

二〇一〇年，保山市委、市政府为杨善洲颁发了特别贡献奖，一次性奖励他二十万元。杨善洲将其中的十万元捐给了保山一中，六万元捐给了林场，只留下四万元给老伴。

二〇一〇年十月十日，杨善洲永远地离开了养育过他的大亮山，离开了他深深热爱的这片土地。杨善洲临终前对家里人说："家里不接礼、不待客、不浪费、不铺张，悄悄地来，悄悄地走。"

杨善洲去世后，家人遵照他的意愿，在讣告上写道："家父遗言概不收礼，望各位来宾给予谅解。"他留下了这样的遗言：不开追悼会，不办丧事，遗体火化，如果我的亲朋好友和家属子女想念，就到雪松树下坐一坐吧。

送葬那天，人们扶老携幼走出家门，为这位令人尊敬的老人送行。灵车行驶了上百里路，沿途的路旁站满了送行的人，他们目送着灵车缓缓向前驶去，心里默默地向老人告别。人们在大亮山公路边的树上,每隔几步就插上一朵白色的纸花。一朵朵洁白的花朵在青翠的山林间绽放着,让几十公里的山路变成了一条开满了花的路。

这条路是杨善洲带着人亲自勘测、亲自砌石、亲自铺就的,这条路上哪里有个坑、哪里有块石头他都知道。可现在,他的脚步再也不能踏上这条路了,他的目光再也不能看到染红半个山坡的杜鹃花了,他的身影再也不能出现在他亲手种下的雪松旁了……

但是,满山的松木记得他,山间的溪流记得他,林间的鸟儿记得他,场部门前的玉兰花记得他……

杨善洲的一生度过了八十四个春秋,其中的近六十年时间里他都认真践行着一个共产党员的誓言。他曾说:"老老实实做人,踏踏实实做事。我不图名,不图利,图的是老百姓说没白给我公粮吃。"正因为如此,他用生命最后的二十二年将荒山变成了一片绿洲,完成了一段生命的传奇。

每当清风拂过,大亮山上松涛阵阵,仿佛有谁在低吟浅唱:"家乡有个小石匠,当官退休福不享,钻进山沟沟,窝棚避暑寒,荒山变绿洲,忠魂松做伴,不图名和利,两袖清风尘不染……"